periscopi

W0200457

PARAULES EMMETZINADES

PREMI EDEBÉ
DE LITERATURA
JUVENIL

PARAULES EMMETZINADES

PREMI EDEBÉ
DE LITERATURA
JUVENIL

edebé

Obra guanyadora del Premi EDEBÉ de Literatura Juvenil segons el veredicte del jurat format per: Xavier Brines, Victoria Fernández, Anna Gasol, Rosa Navarro Durán i Robert Saladrigas.

© Maite Carranza, 2010
www.maitecarranza.com

© Ed. cat.: edebé, 2010
Passeig de Sant Joan Bosco, 62
080017 Barcelona
www.edebe.com

Directora de la col·lecció: Reina Duarte
Disseny gràfic de la coberta: César Farrés
Fotografia de coberta: Jupiter Images Corp.

Primera edició, març 2010

ISBN 978-84-236-9653-6
Dipòsit Legal: B. 9891-2010
Imprès a Espanya
Printed in Spain

Qualsevol forma de reproducció, distribució, comunicació pública o transformació d'aquesta obra només pot ser duta a terme amb l'autorització dels seus titulars, tret de les excepcions previstes en la Llei. Adreceu-vos a CEDRO (www.cedro.org) si necessiteu fotocopiar o escanejar cap fragment d'aquesta obra.

A les dones que pateixen.

Índex

PRIMERA PART

La noia que veia *Friends*

El dia del meu dinovè aniversari va ser com qualsevol altre.

Jo sabia que era un any més gran, sí, però tant se me'n donava perquè el balanç d'aquests tres-cents seixanta-cinc dies que havia de celebrar era exactament equivalent als tres-cents seixanta-cinc dies corresponents a l'any anterior. O sigui prescindible. Malgrat tot, vaig intentar trobar-hi la part positiva i vaig arribar a la conclusió que valia la pena fer anys perquè, si més no, rebria un regal. Vaig passar, però, de les espelmes, que comporten nostàlgia, records i el compromís de ser feliç. Una estupidesa. No vaig voler donar cap transcendència especial a la data perquè la meva vida no era per llançar coets. Em vaig arrecerar en la rutina habitual de llevar-me, fer els exercicis de gimnàstica, dutxar-me, esmorzar, estudiar, dinar, mirar una estona la tele, llegir i esperar la visita sorpresa amb un somriure. No em va ser difícil, em conformo amb ben poc.

Una setmana abans m'havia demanat si tenia algun caprici, algun desig especial. Sé que estava disposat a comprar-me qualsevol fotesa, un vestit, unes sabates, un iPod. Però jo no volia res que es pogués pagar amb diners i li vaig demanar que em portés a la platja. El meu somni era llançar-me al mar des d'una roca, capbussar-me amb els ulls ben oberts, nedar crol fins a quedar-me sense alè i surar panxa enlaire, al capdamunt de les crestes d'escuma, bressolada per les ones. Volia sentir-me lleugera, lliscar com un peix i perdre'm en l'horitzó fins que el meu cos blanc fos només un puntet que esquitxés la monotonia del blau.

Em va dir que potser algun dia, i em va regalar la novena temporada de *Friends.*

Reconec que em va fer il·lusió.

1. Salvador Lozano

El sotsinspector Lozano és davant de la porta del pis dels senyors Molina recuperant l'alè. S'ha posat l'americana grisa, la que va estrenar en el casament del fill ara farà set anys, i la corbata de seda amb irisacions vermellenques. Se sent encarcarat i de cop i volta li passa pel cap que potser la corbata és massa virolada. Sempre pateix pel vestuari. En aixecar el braç per prémer el timbre, s'adona que li suen les mans. No li agrada visitar gratuïtament la gent, però ha de fer-ho. És una visita de cortesia. Si no tingués aquest gest, li quedaria la recança d'haver deixat un calaix obert i no podria dormir a les nits. S'eixuga el palmell de les mans amb un mocador de paper que troba a la butxaca dels pantalons i respira feixugament. Li ha costat pujar els tres pisos pels quilos de més o pels anys, vés a saber, però és un home resolutiu i per molta angúnia que li faci, vol donar ell mateix la notícia al matrimoni Molina. No se'n poden assabentar per d'altres i el telèfon, al cap i a la fi, no és altra cosa que un aparell. Aleshores sí, s'escura la gola, com fa abans d'un interrogatori, i pressiona amb força l'interruptor del timbre. Se sent responsable del seu cas, es diu mentre espera que l'obrin, del malson que un dia els va desvetllar i que els ha anat xuclant el delit de viure. Gairebé no els en queda. Són malalts terminals que ja no compten els dies. Es lleven per obligació, bé que ho sap, però quan el veuen se'ls encén una espurna d'esperança al fons dels ulls. Sempre esperant una pista, un miracle, un cos.

Ningú no li obre, potser no hi són. Torna a intentar-ho i aquest cop deixa que el timbre soni una estona llarga.

Tanmateix els ha fallat, va barrinant mentre para l'orella pendent de qualsevol soroll que provingui de l'altra banda. Tot està silenciós. Potser no hi ha ningú. Només els pot deixar, i enumera mentalment, una bossa abandonada, un cas arxivat sense cos, un número d'expedient oblidat i la fotografia d'una noia riallera que ja grogueja dins d'una carpeta atapeïda de papers inútils, amb declaracions inútils, pistes inútils, sense cap indici.

De sobte, algú obre la porta amb desconfiança fins que queda travada per una cadeneta. Des de dins, des de la foscor d'un rebedor inhòspit, una veu demana qui és. És la veu de la Núria Solís.

Els Molina viuen en un pis de l'Eixample decorat amb discreció, sense ostentació ni dissonàncies, de colors clars i sobrietat oriental. Abans era confortable, però de mica en mica ha anat convertint-se en un espai obsolet. Les parets escrostonades, la pols acumulada als mobles, la persiana del menjador que es va quedar travada ara farà dos anys i ningú no l'ha arreglat. La cuina és freda, funcional, d'anar fent. Mai no se sent olor de sofregits ni de brous calents. De vegades li fa l'efecte que visita la casa d'uns morts vivents que van morir sobtadament fa quatre anys, i que s'han mantingut artificialment amb vida. Els nois són muts, discrets i fugissers. Impropis per a la seva edat. Els bessons, camallargs i granelluts, han fet quinze anys, els mateixos que tenia la Bàrbara quan va desaparèixer, però és com si no hi fossin. Passen absolutament inadvertits, parlen fluix i abaixen els ulls quan hi ha visites. Han après a no destorbar el dolor dels pares. Han tingut una infantesa estroncada.

La Núria Solís el rep amb la pregunta de sempre. L'han trobat? No hi ha res més descoratjador que un no, però ja no hi haurà més preguntes. He vingut a acomiadar-me. La Núria Solís triga a reaccionar, com si no ho hagués entès. Tampoc no el convida a passar. Ha tret la cadeneta però s'ha quedat palplantada a la porta, talment com si hagués rebut una bufetada seca. A acomiadar-se?, repeteix d'esma. El Salvador Lozano, amb suavitat, tanca la porta darrere seu i, sense que el convidi a fer-ho, entra al menjador. Hi és el seu marit?

La Núria Solís té quaranta-tres anys i és infermera. Quan la va conèixer en tenia trenta-nou i era certament bonica. Ara té els cabells completament blancs, vesteix descurada i respira per obligació. No, no ha arribat encara. És a la feina, li contesta. S'hauria d'haver imaginat que als matins la gent treballa. Ell, ara mateix, està treballant, tot i que, es lamenta, per últim cop potser. Si li sembla bé, doncs, li ho explico a vostè. I s'asseu i li ofereix el seient del seu davant, com si fos a casa seva i no al revés. La Núria Solís, obedient, s'asseu i l'escolta, o potser ho fa veure. Fa temps que només escolta la resposta d'una sola pregunta i un cop l'ha sentit, deixa que les paraules llisquin i es perdin. Demà faré seixanta-cinc anys, he esperat fins al darrer dia, però em jubilen, li deixa anar sense embuts. Com més aviat millor, així no hi ha malentesos, pensa. Ella se'l mira amb els ulls esbatanats i el rostre inescrutable, de manera que el Lozano no pot capir si entén l'abast de la senzilla explicació. El sotsinspector corrobora que s'hauria estimat més parlar amb el Pep Molina. Què vol dir?, fa la Núria lentament. Que no la buscaran més? No, no, s'afanya a rectificar el Lozano. Ara el cas passarà a mans del meu substitut. Serà ell qui el porti i qui mantingui la comunicació amb vostès.

La Núria sembla alleujada, però només uns instants. De sobte s'angoixa. I qui és? El sotsinspector Lozano intenta ser convincent, però la seva veu li sona falsa. És un noi jove, entusiasta i molt ben preparat, el sotsinspector Susqueda. Estic segur que ell tindrà més sort que jo. Hauria volgut dir més professionalitat, però no ha volgut mentir. El futur sotsinspector Susqueda, tot just trenta-un anys i un futur brillant, pot aportar entusiasme, però no professionalitat.

La Núria es queda silenciosa i potser pensa el mateix que el que ell ha callat. És una dona esporuguida. Quan el seu marit és al davant, ja no s'esforça a parlar i deixa que sigui ell qui porti la veu cantant. Ell no s'ha deixat endur per l'abaltiment fins a aquest punt, però ha perdut l'empenta que tenia els primers mesos, aquella fal·lera per trobar la Bàrbara que el va dur fins i tot a interferir en les tasques policials, però ara ja ha posat seny i sembla, fins i tot, que s'ha resignat a la seva pèrdua. Tenen un tarannà força diferent. Ell pateix amb dignitat mentre que ella ja no en té gens ni mica, de dignitat. Li recorda un pollet moll sota la pluja. La Núria Solís assenteix i s'abandona a les seves cabòries. Lluny, emboirada, indiferent. Tant li fa tot. Ha dimitit d'agradar. L'hauria volgut conèixer abans que perdés la filla i les ganes de viure. La incertesa l'ha anat devorant i li ha xuclat l'enteniment.

La Núria Solís no diu res i es regira inquieta. És evident que li falta alguna cosa. Hauria de parlar amb el meu marit, diu sobtadament. Ell té el cap més clar que jo, reconeix. El sotsinspector Lozano també ho pensa, però de seguida s'adona que és una descortesia esmenar-li la plana i dir-li que no, que no és una dona incapacitada i que també pot ser una interlocutora vàlida. Tanmateix, ella ja s'ha aixecat, ha agafat el mòbil del damunt la tauleta i ha marcat un número. Pep?, fa amb veu implorant. Li canvia la fesomia mentre l'escolta. No, perdona, ja ho sé que estàs treballant, només és que ha vingut el sotsinspector Lozano. Calla tremolosa uns instants i parla amb la veu vacil·lant, amb la mateixa vacil·lació amb què s'enfronta al buit esgarrifós d'una absència. No, no hi ha cap novetat sobre la Bàrbara, li aclareix. Però voldria acomiadar-se de tu, es jubila demà. Està bé, assenteix després d'una llarga explicació d'ell. Ha relaxat les faccions perquè probablement ell li ha donat la solució al problema que era incapaç de resoldre tota sola. I penja amb una lluentor als ulls, alleujada d'haver-se desfet d'una càrrega. Diu que ja passarà a veure'l personalment. El sotsinspector Lozano sap que ho farà, que és un home amb iniciativa i una agenda ordenada. És representant de joieria. Sap tractar els clients i organitzar-se el temps. I, malgrat que viatja contínuament, fa mans i mànigues per estar amb la dona i els fills i vetllar per la família. Fins i tot té cura del gos que van haver de treure de casa perquè els recordava massa la Bàrbara. És un home enèrgic, vital, que encapçalava les manifestacions per la filla, sempre al davant, enlairant la pancarta, incansable. S'aixeca. No hi ha cap motiu per perllongar la visita. Ja està tot dit i, a més, la Núria Solís ha oblidat les normes de cortesia i ni tan sols l'ha convidat a un cafè. El mal tràngol ja està passat, es diu més relaxat. Caminen en silenci fins a la porta quan, sobtadament, abans d'obrir-la, ella s'atura, es tomba cap al policia i l'abraça. El sotsinspector Lozano no sap com reaccionar i es queda amb els braços encarcarats. De seguida, però, es deixa endur per l'emoció i l'embolcalla amb la seva humanitat càlida. És fràgil, com una nina. Una nina trencada. S'hi estan una estona, així, drets, units en un comiat estèril. Gràcies, murmura la Núria Solís. I se separa d'ell. Li ha deixat una tebior al pit que li ha dissolt l'acidesa del fracàs. Li ha retornat amb senzillesa l'agraïment que els policies mai no esperen, però sempre desitgen. Ha entès l'esforç que ha hagut de fer per anar fins a casa seva per dir-los adéu. Sap que ell també es resisteix a abandonar la Bàrbara, a passar-la a altres mans que grapejaran el seu record amb entusiasme, però sense cap bri de delicadesa.

I, aleshores, amb la porta entreoberta ella li somriu

entre les llàgrimes i ell pot intuir que el seu somriure, abans, era radiant i fresc com el de la fotografia de la Bàrbara que s'ha mirat i remirat tants cops.

2. Núria Solís

La Núria camina amunt i avall del pis com una ànima en pena. La visita del sotsinspector l'ha anguniejat. No, es diu, no cal buscar-hi excuses. El té sempre, el neguit, però de vegades es fa tan punyent, arrapant-se-li a la pell com una paparra, que voldria arrencar-lo i llençar-lo lluny. Com ara, que li ha tornat tot de cop, com una glopada amarga, i l'ha empès a obrir la porta de l'habitació de la Bàrbara. Està tal com la va deixar quatre anys enrere. És l'única habitació de la casa de què té cura. Hi treu la pols regularment, escombra el terra i passa el drap damunt la taula. Abans s'hi tancava per beure, tota sola. Ella, l'ampolla de Torres 10 i l'olor de colònia de la Bàrbara. Envoltada de les seves fotos, dels seus llibres, de les joguines de quan era petita. En sortia trasbalsada i trigava setmanes a tornar a aixecar cap. No controles, li deia el Pep. I tot i que ella al principi ho negava va acabar admetent-ho. S'estava deixant endur per una espiral d'autocompassió destructiva. L'anàlisi tan precisa li va fer el psiquiatre. I li va receptar pastilles. Pastilles per aixecar-se, pastilles per caminar, pastilles per dormir, pastilles per viure. Va pensar que era massa, que les pastilles li robaven la ràbia i li ofegaven el crit. Però també li esborraven el dolor. Tot era massa tebi, i quan se les oblidava a posta, el Pep la renyava i l'obligava a prendre-se-les. Estàs malalta, accepta-ho.

Ara conviu amb les pastilles, ha oblidat les copes enganyoses i ja no pensa tan sovint en el suïcidi.

Però no està bé.

No ho estarà mai.

Arrossega la llosa de les seves obligacions. Després de sis mesos de baixa va tornar a la feina. És infermera i fa el torn de nit a l'Hospital Clínic. No ho pots deixar perdre, li va aconsellar el Pep, és al costat de casa, la feina et distraurà. Tant li fa, així no pateix insomni ni ha de bregar amb les hores fosques, interminables, sentint el tic-tac del despertador i els roncs del Pep. Gairebé no dorm. Quan torna a casa, de bon matí, prepara l'esmorzar als bessons, els lleva i els acomiada. Se'n torna al llit i fa veure que descansa, però no pot desconnectar. Fa capcinades, tanca els ulls i els torna a obrir de seguida. Té palpitacions i el cor, descontrolat, batega com vol. A l'hospital hi ha poca feina a les nits. La van destinar a la planta de ginecologia i les companyes, solidàries, comprensives, expliquen acudits, celebren els aniversaris amb dolços i cava i l'abracen maternalment per espantar la tristesa. Les abraçades la reviscolen i de vegades, en la seva companyia, com si hagués traspassat el mirall, se sent com era abans, una dona amb empenta, pragmàtica i resolutiva. Una dona que podria haver arribat lluny si hagués estirat pacientment el cabdell dels somnis. El d'anar a viure al camp, el de comprar-se una furgoneta per viatjar pel món, el d'acabar la carrera de medicina que va haver de deixar penjada quan va néixer la Bàrbara. Perquè la Núria cobejava projectes ambiciosos que van difuminar-se amb les maternitats i van esfumar-se completament amb el sotrac de la desaparició de la filla. Abans tenia responsabilitats, prestigi i molts punts per arribar a ser cap de planta d'infermeria. La voluntat que tenia de jove per pujar muntanyes, escalar parets i baixar pistes d'esquí als Alps, i que la convertia en una noia coratjosa i decidida és només un record difús, el que li retornen les fotografies del passat, que semblen fetes a una altra persona, a una estudiant de medicina riallera i agosarada, la noia de qui es va enamorar el Pep. Ara ja no es fa fotos. No vol veure la imatge de la dona que capta l'objectiu. La feina és absorbent i de vegades fins i tot s'oblida de la Bàrbara. Hi ha estones que la pressa per salvar una vida esborra per un instant la seva pròpia agonia. Ha vist tallar pits, treure matrius, escapçar trompes i ovaris i també ha vist morir noies joves. I en aquests moments precisos sap que hi ha patiments com el seu, o que, si més no, l'igualen. Però li dura poc. Tan bon punt gira cua i torna cap a casa se li ensorra el món. Res no és pitjor que conviure amb la incertesa, es diu. Els vius enterren els morts i els ploren. Els duen flors al nínxol i els visiten per Tots Sants. Però ella no sap si la Bàrbara és viva o és morta. No sap si l'ha de plorar i passar el tràngol del dol o si ha de mantenir viva la flama de l'esperança. I aquest dubte, aquestes anades i vingudes constants, l'ha anat corcant. Té orgull, però, i no vol que la compadeixin. Abomina la compassió i per això no trepitja les botigues. Només va de l'hospital a casa. No ha posat mai més els peus a l'escola dels bessons, la mateixa escola on va anar la Bàrbara durant dotze anys. No vol parlar amb ningú i, per damunt de tot, no vol veure les mares acompanyades de les seves filles. L'únic cop que va anar de compres amb el Pep veia mares i filles arreu, obsessivament. Triant unes sabates, mirant arracades, emprovant-se una samarreta, rient a la cua de la carn. Va ser com un cop de puny a l'estómac. No puc, no podré, no ho podré fer mai! La Bàrbara no hi és, repetia al cotxe sacsejada pels plors, víctima d'una crisi histèrica. Fins que el Pep la va bufetejar. No hi tornaré mai més, va jurar.

S'ho estalvia. El Pep de seguida es va fer càrrec de les compres setmanals, de treure a passejar el gos, i va passar a ocupar-se de la logística. Els primers dies la Núria ensopegava amb el gos de la Bàrbara voltant amunt i avall del pis i bordant llastimosament davant de l'habitació buida. Enduu-te'l, si us plau, va suplicar desesperada al seu marit. I el Pep el va ficar al cotxe i el va deixar a la casa del Montseny. Li està molt agraïda perquè no li cal pensar. Ha perdut el costum de pensar, de decidir, de triar. Fa el que li diuen i prou. No pot prendre decisions i ho accepta. En canvi, l'Elisabet, la seva germana, encara no ho ha entès. No t'adones que tu no ets així?, li deia. Reacciona, si us plau, crida, dóna un cop de puny, fes alguna cosa. És com una nena, l'Elisabet, pensa sovint la Núria Solís. S'aferra a les imatges de la infantesa i es resisteix a acceptar els canvis. Tampoc no va acceptar el seu matrimoni ni la seva maternitat perquè significaven renúncies, les renúncies de la maduresa. Creia que sempre seria una cabra boja enfilant-se muntanya amunt sense defallir. L'Elisabet hauria volgut tenir sempre la mateixa germana gran que no temia la foscor i li agafava la mà a la nit, com quan eren petites, i no se sap avenir de la seva desídia. Has de ser autònoma, insistia. Autònoma per a què?, es preguntava ella. Per què hauria de ser autònoma si no tinc cap desig? La gent que és viva no pot concebre que els altres dimiteixin, els fan nosa. L'Iñaki, el seu cunyat, la va convidar tres estius seguits a navegar amb el veler. El mar t'aniria bé, la brisa i els banys et revifarien. És basc, vital i no pot viure sense el mar. Però a ella li és indiferent, com tantes altres coses. Et calen unes vacances, insisteix l'Iñaki quan li truca. Unes vacances per a què? Que no veu que no hi ha cap diferència entre uns dies i uns altres? Tots són una condemna els passi on els passi. Està condemnada eternament a patir. Si pogués saber tan sols si és viva o morta, podria desfer el nus que té al pit i que de vegades s'estreny i l'ofega. On és? Hi és? No hi és? Com l'ha de recordar? Viva o morta?

Hi ha dies que el cadàver de la Bàrbara la visita com un malson recurrent. Hi ha dies que la somia rient, amb el nas brut de gelat de xocolata. Però d'altres, potser els que més, la intueix patint, sola, i aleshores l'assetja la impotència.

La Bàrbara, de nena, era seva. La meva nena, li xiuxiuejava a cau d'orella mentre dormia amb el dit a la boca. Anaven juntes a tot arreu. Porto un xiclet de menta enganxat, deia a les amigues, fotent-se'n. Mireu-lo que bufó, es diu Bàrbara. Jo no sóc cap xiclet de menta, sóc una nena de maduixa, protestava ofesa. Eixerida, espavilada, llesta. La Bàrbara va créixer amb aquests adjectius. Va començar a parlar molt aviat i ho xerrava tot. Massa que xerrava, de vegades li feia passar vergonya als ascensors o a les consultes dels metges. Mira, mama, aquesta senyora va tenyida. I és clar, jo també. Sí, però ella va mal tenyida i se li veuen les arrels i a tu no.

Anècdotes per ser explicades als sopars, amb rialles ofegades, que es van multiplicar en arribar els bessons. La Bàrbara tenia quatre anys quan van néixer i els va anar a visitar a la clínica. Ella els hi va ensenyar, emocionada. Mira quines joguines! La Bàrbara els va observar circumspecta, els va fer quatre moixaines de compromís i, en acabat, va obrir la porta de l'armari i va dir molt seriosa: ara ja els podem guardar, demà hi tornaré a jugar una estona.

Hauria volgut arrapar-se a la infantesa de la Bàrbara, però va passar massa de pressa i, mentrestant, ella estava lligada de peus i mans amb els bessons, sempre vivint arran de terra, amb el cap cot i els ronyons baldats. Aleshores, la Bàrbara va fer pinya amb el Pep. Ell li feia pessigolles, la banyava i la duia al parc. S'entenien tan bé que li sabia greu interferir-hi. Quan va aixecar cap, la Bàrbara ja semblava una dona i el Pep començava a sentir-se disgustat amb la seva rebel·lia incipient. Als dotze anys, la Bàrbara era una noia alta, ben formada, llenguallarga i descarada que no es tallava gens ni mica. El Pep no ho va pair i a ella, en canvi, li va fer gràcia. Les desavinences sobre l'educació dels fills van aflorar. El Pep maldava per esmenar el seu comportament provocatiu, però ella el fomentava. No sabia posar-li límits. No sabia dir-li no. No podia fer-hi res perquè sense voler se li escapava el riure per sota el nas i l'aplaudia per tenir pebrots. No va saber preveure els perills de la seva eclosió. La Bàrbara es menjava el món i el Pep, més clarivident, no hi estava d'acord. Aquesta nena no anirà a Bilbao l'estiu vinent, va decidir taxativament un any en tornar la Bàrbara del Nord. Va ser la baralla més àcida, la més desagradable que van tenir abans que comencés tot. La Bàrbara passava sempre el mes de juliol amb la seva germana i el seu cunyat. La duien a la platja, a navegar, a bussejar i a practicar surf. L'Elisabet i l'Iñaki, més joves i permissius, la deixaven anar a dormir tard, practicaven el nudisme i feien altres coses que el Pep desaprovava i que ella, potser més tolerant, intentava suavitzar. Va discutir i discutir, però el Pep es va entossudir i la Bàrbara es va quedar sense vacances al Nord.

Hi ha pensat més d'un cop, en aquell episodi fosc i desagradable. Ha volgut oblidar també allò que li va explicar una vegada l'Elisabet, potser no malintencionadament, però que va ser motiu de disputa entre germanes. Va estar-hi barallada dos mesos, sense parlar-li ni trucar-li. Mai no ho va comentar amb ningú. Li va doldre tant que no es va veure amb forces de xerrar-ho amb el sotsinspector Lozano. No volia que fiqués el nas en les seves intimitats ni que remenés draps bruts. La bugada es renta a casa, deia la seva àvia assenyadament. Va arraconar l'insidiós comentari de l'Elisabet potser perquè no se la va creure mai o potser perquè la imatge del seu cunyat Iñaki, abans impecable, va quedar lleugerament esquitxada i no va aconseguir, per més que ho va intentar, retonar-li l'aura d'honestedat i integritat que sempre havia tingut als seus ulls.

Per què va callar-s'ho?

Per por. Perquè el Pep hauria tallat definitivament amb la família. La Núria va estimar-se més empassar-se tota sola el disgust i mirar cap a una altra banda. I aquesta va ser sempre la seva trampa. Per tal de parar els cops callava i queia en el parany del sentimentalisme. S'estovava en veure que les llàgrimes de la Bàrbara lliscaven galtes avall, espantada per l'estricta disciplina que intentava imposar-li el seu pare. No ho diguis al papa, si us plau, si us plau. S'enfadarà. Complicitats enganyoses que van començar amagant notes dels professors, sortides amb les amigues i roba llampant. Coses sense massa importància, al principi, petites mentides que van anar creixent amb els anys. Com la Bàrbara.

En fer els quinze, la Bàrbara portava una doble vida emparada pel seu vistiplau. I va ser aleshores que els secrets es van anar fent més feixucs. Com quan va trobar els anticonceptius al damunt del seu llit, deixats descuradament, a la vista de tothom, i va parlar amb la Bàrbara de dona a dona sobre el sexe i les malalties de transmissió sexual, i li va fer prometre que prendria precaucions més segures. La Bàrbara se la va escoltar, però li va anar donant excuses per anar plegades al ginecòleg. Què hauria fet una altra mare en una situació així?, es preguntava. En el seu cas va prevaler el pragmatisme per damunt de l'ètica. Potser no en té, d'ètica, es diu de vegades. Sobretot, vigila, va insistir-li aquell dia. I no li va preguntar ni amb qui, ni quan, ni com. Sabia que mig sortia amb el Martí Borràs, de l'esplai. Es trucaven, es veien i de vegades els espiava per la finestra quan ell l'acompanyava amb la moto. Li va semblar massa gran per a la Bàrbara. Era ros, un milhomes i un penques. Poca cosa més va poder escatir perquè va passar per davant la discreció. O la por. La Bàrbara es tancava en banda si li feia preguntes. I al Pep millor no fer-li cap comentari sobre aquests assumptes, el treien de polleguera. Ella era enmig de tots dos i els temia. Sí. Havia tingut por i havia estat la inductora de la conducta de la seva filla amagant-li coses al Pep. Li semblaven naturals, pròpies d'una noia. Potser no d'una noia de quinze anys, però la Bàrbara n'aparentava molts més i els temps havien canviat. No calia ser gasiu, pensava la Núria emmirallant-se en la seva filla, no calia posar números a la llibertat de les noies ni a l'edat de les primeres experiències sexuals. La pubertat s'havia avançat. Ho deien els diaris, els metges, els professors, i ella no hi veia cap mal, a enamorar-se i fruir d'experiències. Potser era per la nostàlgia o per estupidesa, però estava fermament convençuda que la vida eren dos dies i volia que la Bàrbara en gaudís.

Havia confós el desig amb l'educació. No s'educa els fills en la permissivitat absoluta, li va recriminar el psiquiatre quan li va explicar la seva culpa recurrent. No es pot confiar en el seu criteri a mig formar. Els pares han de posar els límits.

I ella no els va saber posar.

La Núria ara, quatre anys després, es culpa d'haver

llançat la Bàrbara als braços del Martí, d'haver mentit al Pep les nits que li deia que la Bàrbara estava estudiant a casa d'una amiga, d'haver fet de tapadora de les seves cites, de les seves sortides nocturnes. De vegades voldria rebobinar el temps. Que tot pogués ser com abans. Com quin abans? Potser quan el Pep i ella s'estimaven. Perquè al principi s'havien estimat de debò. Quan es van conèixer, quan es van casar a corre-cuita, quan la Bàrbara va néixer. Voldria tornar enrere i tenir una segona oportunitat de pujar la Bàrbara amb mà ferma, amb responsabilitat, amb determinació.

Però és una quimera.

La Bàrbara mai no tornarà i ella no escatirà les respostes als perquès de tot plegat.

3. Bàrbara Molina

He tingut un rampell i li he amagat el mòbil. Ha estat instintiu. En veure com l'oblidava damunt del llit m'hi he assegut a sobre, fingint naturalitat, i he continuat parlant com si res. El cor em bategava accelerat, era impossible que no el sentís. Toc, toc, toc, em feia desbocat, a punt de sortir-me per la boca. Però no m'he mogut ni un mil·límetre. Ara em preguntarà on és el mòbil, m'anava repetint, i jo faré veure que m'aixeco a buscar-lo, l'agafaré i diré: Guaita, t'ha caigut!

No ha calgut fer la comèdia perquè anava estranyament atabalat i ha marxat corrents. Tinc pressa, m'ha dit. I deu ser veritat, perquè no s'ha endut la roba bruta ni les escombraries com fa sempre.

Un cop ha tancat la porta no he escorcollat amb delit el menjar, ni m'he emprovat la roba ni he llegit el títol dels llibres, ni he comprovat si s'ha recordat de l'escuma dels cabells que li havia encarregat. M'he llançat adelerada damunt del mòbil, incrèdula, feta un flam. I si torna de sobte?, se m'ha acudit. I l'he amagat de seguida sota el coixí amb un gest poruc, fins que he sentit el motor del cotxe allunyant-se. Aleshores, he agafat aire, he enretirat el coixí i l'he mirat ben mirat. L'he tocat amb les mans tremoloses, com quan tenia set anys i els Reis em van portar la Barbie. És un model Nokia de color negre, amb ràdio, amb càmera fotogràfica i està encès. Però, però... m'he aixecat neguitosa prement-lo amb totes dues mans i movent-me d'un cantó a l'altre, amb el cor encongit, sense gosar respirar, esperant veure aparèixer la ratlleta d'un moment a l'altre. Ara, potser aquí, he intuït un parell de cops. Però ha estat en va. No, no m'ho puc creure! No hi ha cobertura!

I de sobte m'adono que no podré fer cap trucada.

No pot ser, no pot ser, no pot ser!

No sé si ho he cridat o ho he pensat. Però tant és, perquè ningú no em pot sentir. Sóc en un soterrani de quinze metres quadrats sense finestres, excavat sota els fonaments d'una casa voltada de camps. Un antic celler de parets de pedra, insonoritzat amb suro, blindat i permanentment a temperatura de quinze graus. Potser seria ideal per conservar vins, però ara és la meva tomba. No hi ha veïns a la vora. He desaparegut sense testimonis, sense pistes. Se m'ha empassat la terra i ningú sap que sóc viva.

No ha estat gens fàcil fer-me a la idea que fora d'aquestes quatre parets el món ha girat durant quatre anys sense mi. Al principi cridava fins a quedar-me afònica i, quan la gola em feia mal, colpejava les parets amb els punys, un cop i un altre. Em feia sang i les mans em quedaven botides, negres, plenes de crostes. Quan el dolor era insuportable plorava fins a quedar-me seca. Tanmateix, ningú no em treia d'aquest forat i els dies anaven caient l'un rere l'altre com una guillotina que m'anava escapçant de mica en mica l'esperança.

És molt fort haver d'acceptar que estic sola, però sé que a hores d'ara ningú es recorda del meu nom. Bàrbara? Bàrbara què? El món, fastigosament egoista, no ha tingut cap consideració i m'ha llençat a la galleda de les escombraries.

Tant és que no tingui cobertura, em consolo. Al cap i a la fi no podria trucar a ningú. A la família? Només de pensar-ho les cames em fan figa i el cap se m'emboira. No puc empassar saliva. Se m'ha assecat la boca i em fa nosa la llengua inflada, botida, massa gran per deixar passar l'aire.

No, la família no, em dic. Encara que sortís d'aquí no els podria mirar a la cara. No seria capaç d'abraçar-los i petonejar-los. No tindria valor per dir-los que els estimo. Ell m'ha dit que no em perdonarien, que em farien fora del seu costat, que si sabessin tot el que ha passat preferirien que hagués mort. Ja no tinc família ni en tindré mai més. S'avergonyirien de mi i em girarien l'esquena.

He pogut empassar-me un glop d'aire i em fa mal el pit. Tinc un dolor prim entre les costelles, com una ganivetada. Em va passar quan sospesava les possibilitats de fugir. Va ser el cop que intentava cavar el túnel i un dia, en sentir les seves passes, hi vaig posar descuradament un coixí a sobre per dissimular el forat. O quan vaig calcular la distància que em separava de la butxaca dels seus pantalons on amagava les claus i en un descuit les hi vaig agafar. Aleshores, vaig sentir la mateixa fiblada al pit. Se'm notava. Estava pàl·lida, ullerosa. No em voldràs fotre, oi? I jo encara empallidia més i ell sabia que l'havia encertat. M'observava atentament sense deixar-me de petja fins que va aixecar el coixí o em va fer obrir les mans amb les claus a dins. Mira que ets idiota!, deia abans de lligar-me. Ja ho has tornat a espatllar.

Per què he agafat el maleït mòbil si no puc trucar? Sóc una idiota, sí. No li puc amagar res. És un podrit, no sé com s'ho fa però ho sap tot, ho intueix tot, ho endevina tot. Em radiografia els pensaments i els esbocina. Vols saber què passaria si et trobés la policia?, em va dir un dia que jo rumiava la manera d'escapar. No els coneixes, els policies. No són com els de les sèries. Són uns desgraciats i et tractarien com una delinqüent. Et farien despullar per fer-te una revisió. Els metges duen guants i mascareta, i et fiquen els dits per tot arreu amb fàstic, com si tinguessis la sida. No t'ho diuen, però te n'adones. Et traurien sang, et farien pixar en un got, et fotografiarien en pilotes i penjarien les teves fotos a la paret, perquè tothom les veiés. Després t'interrogarien. T'asseuries davant d'un inspector de policia panxut que et faria explicar un per un tots els detalls escabrosos de la teva vida, des del principi, mentre es burxaria la boca amb un escuradents. Ho gravaria tot, una secretària ho escriuria a l'ordinador i al cap d'unes hores la teva declaració passaria de mà en mà i els agents de la comissaria es rebentarien de riure llegint com cagaves dins d'una galleda. Aviat la premsa sensacionalista publicaria la teva foto en portada i t'esperaria un judici llarg, tens i mediàtic. Hauries de declarar davant d'un jutge assenyat, que no et creuria ni mitja paraula. Com vols que facin cas d'una puteta com tu? S'adonarien que estàs torrada i el fiscal blasmaria contra les teves mentides.

Sé que em volia intimidar, però també sé que tenia una bona part de raó. La policia i els jutges sempre m'han fet angúnia, són encarcarats i distants. Sospiro i em trec un pes del damunt. Millor. Potser millor que no hi hagi cobertura i que no pugui fer la trucada. No vull ser una notícia morbosa. No vull sortir d'aquí perquè tothom m'assenyali pels carrers perquè la meva foto hagi sortit al diari i em saludi amb amabilitat hipòcrita i em posi a parir minuts després a la cua de les caixes dels supermercats. No vull aixecar compassió ni rialles, no vull estar a la boca de la gent, als somnis perversos dels joves, a l'imaginari tortuós dels vells. No vull viure permanentment amagada dels *paparazzi* que són capaços de grimpar fins a les teulades, despenjar-se per les finestres i ficar-se com rates als lavabos per robar una foto. Per què no han entrat aquí? Per què no han tingut els pebrots de baixar als inferns i treure'm d'aquesta garjola?

No, em dic, no estic preparada per sortir. Dirien que en tinc la culpa, que ja no sóc una nena, que no em mamo el dit. S'ho mereix, dirien les mares. S'ho ha buscat tota sola, és una irresponsable, un perill. No, no sóc innocent. No ho he estat mai. Jo ho volia, ho propiciava, m'agradava. I ara no em controlo, perdo el cap i se me'n va l'olla. Què faria amb la meva llibertat? Estimbar-me, com sempre. Em fa angúnia el món que hi ha a fora. He après a camuflar-me dins la foscor i no podria resistir la llum del sol. A més, he fet dinou anys i no me'n sé avenir. M'he perdut. Ja no sé què fan les noies de dinou anys. No tinc ni idea de com parlen, com es tallen els cabells, com ballen, ni quina roba duen.

No, no! M'enganyo. Vull sortir d'aquí! Vull veure el sol! Vull respirar!

Merda.

Em deixo caure a terra, com un fardell, amb les mans al cap, i serro les dents molt fort.

Per què? Per què he hagut d'agafar el mòbil i esguerrar-ho tot? En un segon d'impulsivitat he esborrat tres anys de resignació. No m'hauria imaginat mai que un segon em pogués capgirar la vida. Torno a sentir la ràbia, l'odi, la desesperació, i tinc por.

No vull tornar a patir com abans. Com es fa per tornar enrere?

Havia après a sobreviure, a conformar-me, a preservar la vida i a oblidar tota la resta. Un cop vaig deixar d'oposar resistència, tot va ser més senzill. Ho veus, nena, que fàcil que és? Si et portes bé, jo també. Aleshores va ser amable. Em va dur més menjar i em va ampliar l'espai. Va construir un vàter, una dutxa, va comprar-me un mirall, llibres, un MP3 amb música i fa un parell d'anys em va regalar un reproductor de DVD i algunes pel·lícules. Escolto U2, Coldplay i miro *Friends*. Em fan companyia i les hores passen més de pressa. Em sé de memòria els episodis de les vuit primeres temporades i friso per veure les següents. Ells estan tancats dins d'un plató, com jo.

Quan he fet el que m'ha demanat, quan he deixat d'esperar, ell s'ha enrotllat bé. T'estimo molt, nena. Jo no volia arribar fins aquí, però m'hi vas obligar.

És fotut per a tots dos. I si li demano una cosa, me la porta. Em va dur una planxa per als cabells, crema de depilar i fins i tot laca vermella per a les ungles. Me les talla ell, com els cabells, això sí. No em deixa cap estri esmolat, em diu que no vol que em faci mal, però potser té por que en un descuit li pugui fer mal a ell. Malgrat tot, de vegades he tingut rampells. Ara mateix l'he cagada agafant el mòbil. Me'n penedeixo. Com me'n penedeixo! No controlo. Per això em va treure el mirall, perquè no em tallés amb els vidres. Fa un any que no sé quina cara faig. Ho intueixo, tan sols, a partir del dibuix del meu perfil al cul d'un plat de plàstic. Només em veu ell i diu que estic molt maca, que tinc el cutis blanc i net, que no envelliré perquè el sol i la pol·lució no m'espatllaran la pell.

Em clavo les ungles als palmells i premo, premo, premo fins a fer-me saltar les llàgrimes.

Jo vull envellir, vull suar, vull riure, vull parlar, vull mossegar, vull agafar la sorra a grapats, refregar-me-la a la pell, llançar-me a l'aigua i sortir-ne plena de sal, de iode, de llum!

Ara que havia après a resignar-me em surt de cop la ràbia que tenia amagada. Com abans. Era jo la salvatgina que es regirava, mossegava, escopia i fumia puntades de peu? M'ha costat fer net i aprendre a viure minut a minut en la mateixa rutina aclaparadora. Era còmode capbussar-me en un horari. Era com arraulir-me dins la panxa de la mama i deixar-me bressolar. Cada dia em ficava dins d'una bombolla de bonior on res no em destorbava. Em llevava, feia els exercicis de gimnàstica que em va portar, em dutxava, em preparava l'esmorzar, llet i torrades amb mantega i melmelada, escoltava música mentre esmorzava i després agafava els meus llibres d'estudi i començava les meves classes. Aquests anys em va dur llibres arreplegats d'aquí i d'allà perquè jo els hi vaig demanar. De Biologia, d'Història, de Llengua, d'Anglès. Ara com ara podria presentar-me a l'examen del First Certificate sense problemes. El mes passat em va dur una novel·la en anglès, *Coraline,* de Neil Gaiman, i em va dir que n'havien fet una pel·lícula d'animació molt bona i que quan sortís en DVD me la portaria. Les Matemàtiques i la Física me les explicava ell sense gaires ganes i jo resolia els problemes. Estudiar no em costa. M'estalvia pensar en altres coses i m'aporta petites satisfaccions. Entendre un problema, memoritzar unes dates o llegir un llibre en anglès em fa sentir millor que mirar el sostre. Tampoc no em vaig plantejar per què volia continuar estudiant. Si m'ho hagués qüestionat tot, m'hauria tornat boja. Al migdia m'escalfava en un microones el menjar preparat que em portava. No em deixava cuinar, no se'n refiava, però a la petita nevera hi guardava restes, per si de cas. Apartava una quarta part de la ració del dia, la tornava a ficar al *tupperware* i l'amagava a la nevera. Estic prima, però no hi fa res. Així sé que si ell no vingués sobreviuria uns dies. Si trigués més, però, m'estimo més no pensar-hi.

Després de dinar mirava *Friends* i durant aquella estona em sentia com a casa compartint l'apartament del Joey i el Chandler, tenint cura del seu pollastre i el seu ànec, patint l'embaràs de la Phoebe o mossegant-me les ungles cada cop que el Ross i la Rachel tallaven, que el Joey perdia la feina o que la Mònica volia guanyar una juguesca.

A mitja tarda feia uns exercicis de musculació durant mitja hora amb dos pesos de dos quilos cadascun. Abans practicava davant del mirall, però ara ja no en tinc i m'he de fotre. I ballava. Ballava tancant els ulls i imaginant-me que era a la discoteca a la nit, que prenia un glop de cervesa i que em pujava al cap, que sentia un pessigolleig a les cames i unes ganes de riure per qualsevol fotesa. Als vespres llegia. He llegit molt. He llegit tants llibres durant aquests anys com probablement altra gent deu haver llegit en tota la seva vida. A ell no li agraden les novel·les, prefereix l'assaig, diu, i com que jo les devorava tan de pressa va demanar-les en préstec en una biblioteca sense cap criteri. Un dia em portava Dumas, l'altre Bàrbara Kingsolver i al següent Orson Scott Card. Vaig llegir novel·la romàntica, històrica, de ciència-ficció, policíaca i al final, atabalada pel caos, li feia encàrrecs de títols i autors. Però això l'empipava, perquè li feia perdre massa temps i deia que la bibliotecària el mirava malament. I aleshores la vaig cagar per culpa dels llibres. Recordo perfectament aquell moment en què vaig esguerrar sis mesos de la meva vida. Se'm va acudir que els llibres que jo havia llegit passarien per altres mans i vaig tenir la pensada de deixar-hi un missatge a dins. Vaig triar un llibre titulat *Ali i Nino*, de Kurban Saïd, un llibre d'amor i guerra, divertit i tràgic, que em vaig llegir tres cops sense respirar. Vaig pensar que la persona que escollís aquest llibre seria algú especial i s'adonaria que el meu missatge era de veritat. Vaig escriure quatre ratlles, en una pàgina qualsevol, explicant qui era i demanant auxili. L'endemà va obrir la porta enfurismat i em va llançar el llibre al cap. Et penses que sóc idiota!, va cridar, cec d'ira. Em va pegar fins que se li va cansar el braç i em va deixar a les fosques. Tres dies sense menjar, baldada, ferida, sense llum, sense música, sense *Friends*. Oblidada en un forat. Aquell cop vaig creure que em deixaria morir. Però al quart dia va aparèixer, es va asseure al llit i em va dir que tenia molt mal rotllo de tenir-me allà tancada, sempre vigilant-me, sempre pendent que jo no li fes la punyeta. Em va dir que ell no era un carceller i que ja estava tip de controlar-me. Que si jo hi col·laborava tot seria més fàcil. Vaig contestar que sí a tot. No tenia cap més opció i volia viure.

Tot i això, em va deixar sense llibres durant sis mesos. Van ser els mesos més llargs, els més tristos. Vaig aprendre la lliçó i no vaig intentar desobeir-lo fins avui. Esperava amb delit cada dia la seva visita i les seves bosses. Procurava tenir la cambra endreçada i dutxar-me als matins perquè no arrufés el nas en posar els peus dins la meva presó. No volia fer pudor, ni llàstima. Em reconfortava el seu somriure, veure'l, sentir-lo i tocar-lo. No és tan difícil, oi, nena? I potser tenia raó. No hi ha res comparable a la placidesa de viure sense esperar res del futur, gaudint dels petits instants, lliure d'estrès, d'obligacions, de somnis, de desitjos, de culpa.

Tot això era la meva vida fins fa uns minuts i ja m'hi havia conformat.

De sobte, m'adono que m'he enganyat i que res no té sentit.

No puc treure els ulls de la petita pantalla. Sé que si hi aparegués una ratlleta tot podria ser diferent, però no succeeix.

El meu desig m'ha empès estúpidament cap al meu propi final.

4. Salvador Lozano

Salvador Lozano arriba al seu despatx amb mal gust de boca. El primer que fa és treure's la corbata i l'americana i arromangar-se les mànigues de la camisa. Al damunt de la taula l'esperen les capses plenes de papers. N'hi ha tants que compadeix el Toni Susqueda. Rectifica. No, no el compadeix, l'enveja. Ben pensat, li queda el que a ell li ha faltat: temps. Molt de temps per endavant. Tindrà temps per donar i per vendre. Podrà llegir-se tots els documents pel davant i pel darrere, podrà resoldre els casos que han quedat a mig gas i podrà trencar-se les banyes sense tenir al damunt l'espasa de Dàmocles de la jubilació. Al Toni Susqueda no se li acaba el temps. No viurà en l'angoixa permanent d'un compte enrere.

La visita a la senyora Molina l'ha ratificat en la certesa que s'ha fet vell. Després de gairebé quaranta-cinc anys d'exercici de la professió, està cansat i ha de cedir el lloc a un noi jove, entusiasta i informal. Mig somriu en mirar el rellotge. I tan informal. Encara no ha arribat, tot i que van quedar a les dotze. Potser va sortir fins tard per celebrar el seu ascens. Potser va beure i a la nit va estar fent l'amor amb la seva dona, una noia jove i rossa. És tenyida? Ara ja no se sap, perquè les fotografies són enganyoses i ell la hi va ensenyar a corre-cuita. És professora de Matemàtiques en un institut de Secundària, li va dir orgullós. No s'han casat, però viuen plegats des de fa dos anys en un apartament de trenta-cinc metres quadrats que van comprar al barri del Raval. I se'ls imagina arrambant-se a la cuina, mentre preparen uns macarrons, perquè en un espai tan petit és impossible mantenir les distàncies. De segur que estan molt enamorats, pendents l'un de l'altre, engrescats pel futur que els obre les portes de bat a bat. Entusiastes.

Li sembla ahir quan ell era com aquell noiet. Amb ganes de resoldre-ho tot, de menjar-se el món, de no aturar-se davant cap enigma. La seva història és com la de tants altres. Un guàrdia civil de Càceres que va arribar a Barcelona, al final dels seixanta, amb una mà al davant i l'altra al darrere. Ni tan sols sabia que a Catalunya es parlava català. No sabia res de res, ni falta que li feia, es veia capaç d'aprendre-ho tot. I ho va fer. Es va espavilar com el primer i es va casar amb una catalana de Sabadell que treballava a l'estafeta de correus i feia escudella per Nadal. Però no es va conformar a ser un agent de carrer mal pagat. Va estudiar a les nits, va ascendir, va aspirar a responsabilitats, va passar al cos de Mossos d'Esquadra i va opositar a sergent i sotsinspector. No li han regalat res, diu amb el cap ben alt. Els seus fills ja són catalans. La petita té una perruqueria de propietat a l'Hospitalet i ja l'ha fet avi. El gran ha estudiat Dret i ha obert un despatx d'advocats amb uns amics al barri de les Corts. Té les fotografies de la seva família damunt la taula i se les mira sovint embadocat. N'està molt, del gran, el Jaume, perquè ha anat a la universitat i podria passar per un noi de l'Eixample de tota la vida. Com els Molina.

La porta s'obre i entra el seu substitut vestit amb una samarreta fosca, uns texans i unes vambes de marca. Encara duu les ulleres de sol posades. Potser ho ha après de les sèries de detectius i es pensa que imprimeix estil. O tal vegada intenta dissimular que va sortir de marxa la nit abans. Què hi ha?, li pregunta procurant ser cordial. El noi s'asseu sense presses i badalla. Ho sento, es disculpa, he dormit poc. Necessito un cafè. El Salvador Lozano es felicita. Tenia raó. El noi no ha dormit gaire. Fa quaranta anys que fa conjectures sobre els comportaments humans i ja és una deformació professional.

Mentre el Susqueda va a buscar dos cafès amb parsimònia, ell torna a mirar-se i remirar-se el cas de la Bàrbara, el que més li reca, el que s'ha deixat per a l'últim dia. De vegades, pensa que el cos de la noia jau al fons d'un abocador d'escombraries o se l'imagina surant a les clavegueres, o fet miques i esbocinat en maletes deixades a la platja.

El sotsinspector Lozano observa com el noi beu el cafè a glops curts i quan es crema la llengua, la té tendra encara, bufa i rebufa com una criatura. Per la manera com agafa el bolígraf endevina que somia amb una cigarreta, però que se'n sap estar. Aleshores, el Toni Susqueda assenyala la carpeta. La Bàrbara Molina!, exclama. Pensava que era un cas tancat. El Salvador Lozano no respon immediatament. No es tancarà fins que no en traguem l'entrellat. I fot, fot molt veure'l obert i sense resoldre. Ja t'adonaràs que un cas sense tancar és una ferida sense cicatritzar, diu amb un to professoral. Procura que cada frase sigui un compendi de saviesa que no es pot adjuntar en una carpeta perquè s'aprèn al carrer amb el tracte amb les persones, escoltant el seu patiment, acompanyant-la amb el seu dolor, donant-los el condol als funerals. La recordes, oi? Una noia de tan sols quinze anys desapareguda. I el Susqueda fa un gest afirmatiu amb el cap. He mantingut el contacte amb els pares, sobretot amb el pare, que és qui té el cap més clar. Era un cas senzill, al principi. Una noia que fuig de casa amb quinze anys, deixa una nota explicant que se'n va lluny i que no la busquin i s'enduu una targeta de crèdit de la mare. Al cap de dos dies se la localitza a Bilbao, on té uns oncles. I, efectivament, es troben testimonis que corroboren que ha estat buscant els oncles, que eren de vacances. Però, sobtadament, tot es capgira. Quan els efectius de l'Ertzaintza i el seu propi pare la buscaven per Bilbao, la Bàrbara fa una trucada desesperada a casa seva des d'una cabina de Lleida, en plena matinada. A la cabina es troben senyals inequívocs de violència, sang de la víctima, i la bossa abandonada. Un testimoni recorda haver vist una noia arrossegada per una figura masculina, però era de matinada, hi havia boira i mai no va poder afegir-hi detalls. Llavors el cas adquireix unes dimensions tràgiques, amb dos sospitosos consecutius i molts indicis. Vam treballar durament, vam escorcollar moltes zones, vam pentinar descampats i abocadors i vam tenir tot Catalunya pendent. Vam esmerçar molt temps i molts esforços però no vam ser capaços de trobar res consistent i definitiu. Fins que els sospitosos van deixar de ser-ho per falta de proves i el jutge va arxivar les instruccions. Mai més no n'hem sabut res.

El Toni Susqueda estira els braços i fa una demostració de musculatura. Va al gimnàs diàriament, calcula el Lozano, pel cap baix un parell d'hores, i fa raigs UVA. Sospita també que es depila el pit i les cames. Aquestes coses el sorprenen. L'altre dia, mentre prenien cafè al bar, li va explicar que abans de decidir-se a ser policia havia treballat de venedor de petards i d'entrenador de *fitness*. Me'n recordo perfectament, de la Bàrbara, s'afanya a deixar clar el noi. Recordo les seves fotos penjades pel carrer, les manifestacions que es van fer, les declaracions del seu pare, les recerques desesperades cada cop que algú feia una trucada i donava una pista. I afegeix: Els involucrats eren un universitari de bona família i un professor, oi? Efectivament, el Martí Borràs i el Jesús López, contesta el Lozano. I què se n'ha fet?, pregunta inquisitiu el flamant futur sotsinspector. El Lozano d'una banda s'alegra que el Susqueda seguís amb curiositat el cas de la Bàrbara, però de l'altra li fot. No hi ha res pitjor que una opinió preconcebuda. I els mitjans de comunicació van fer molt mal al cas. Ell no ha deixat mai de vigilar els sospitosos. Sempre ha cregut que un dia o altre cometrien algun error o que la seva pròpia trajectòria vital acabaria delatant-los. Quan estudiava a les nits, va llegir *Crim i càstig* i sap que aquesta connexió entre el crim i el desig morbós de vanar-se'n és un fil per estirar. Però no ha estat prou hàbil o els sospitosos han estat més llestos. D'altra banda, no hi ha cap crim, cap cos que parli ni expliqui res, ni cap lloc on tornar. Les boires que aquell dia cobrien la ciutat de Lleida s'han espesseït amb el pas del temps. I si un dia va creure que un cop de vent les esvairia, ara, a contracor, ha d'admetre que les petjades s'han esborrat definitivament. La prova irrefutable de la seva vinculació amb la desaparició de la Bàrbara no ha arribat mai.

Treu una fitxa de cadascun. Les té actualitzades i les va passant al Susqueda mentre va recitant de memòria. El Martí Borràs actualment té vint-i-sis anys. Viu amb els pares, un cirurgià cardiovascular i una directiva d'una empresa informàtica. Tenen un pis de propietat al carrer París de dos-cents trenta metres quadrats. Ha tingut tres relacions sentimentals i infinitat de flirtejos de cap de setmana. Cap noia li ha durat més de quatre mesos. La constància no és la seva virtut principal. Tampoc no ha finalitzat els estudis. Aquí tens el seu expedient del segon curs de Direcció d'Empreses que va fer a ESADE. Desastrós. Em consta que va discutir amb els pares i que va acabar sortint-se amb la seva. Va penjar els estudis i el seu avi el va contractar per no fer res amb unes condicions llamineres. Dos mil tres-cents euros mensuals i quaranta-dues hores com a supervisor de vendes de productes de ferreteria, amb cotxe, mòbil i dietes a part. Hi va quan vol i cobra cada mes, una tapadora per justificar la seva inutilitat. Té diners i els gasta a tort i a dret. Ara té un Seat Ibiza de primera mà *tunejat* i fa servir la casa de Roses dels seus pares com a *picadero*. Hi va sovint, gairebé cada setmana. A hores d'ara és l'únic que la utilitza. Condueix imprudentment i ja li han tret sis punts del carnet per excés de velocitat.

Té la mà foradada, la seva targeta de crèdit treu fum, compra roba, foteses, regals cars, sopa en bons restaurants, convida els amics a copes i es concedeix tots els capricis. Cap al dia dinou de cada mes, el seu compte ja està en números vermells. Ara farà vuit mesos va organitzar un bon sarau en una discoteca del Port Olímpic. Anava begut, probablement havia pres coca, i va fotre un cop de puny a un noi que volia ballar amb la noia amb qui sortia. Me'n vaig assabentar massa tard, quan l'advocat de la família ja l'havia tret de la comissaria i havia netejat l'escàndol. La família va amb peus de plom i és molt ràpida escombrant la merda que deixa escampada el seu fill i amagant-la sota la catifa. El Toni Susqueda, tot d'una, s'ha posat seriós i ell mateix agafa la fitxa i la fulleja. Des de quan té cotxe?, pregunta de sobte. Se'l va comprar quan va començar a treballar amb el seu avi, ara farà dos anys i mig, respon ràpid el Lozano, satisfet de l'interès que el Susqueda mostra. I has pogut parlar amb alguna de les noies amb qui ha sortit? El Lozano es grata el cap fent memòria. Vaig convidar la primera, la Laura Busquets, a dinar a Cal Pinxo a la Barceloneta. Li vaig omplir el got de vi blanc i em va explicar com s'ho feien ella i el Martí sense tallar-se ni un pèl. Va ser molt clara. Diguem-ne que era sexe i prou, i força apassionat. Nota?, pregunta el Susqueda amb un somriure maliciós. Un notable alt, especifica el Lozano seguint-li la veta. Fora d'això, res remarcable. No la va pegar ni la va obligar a fer res en contra de la seva voluntat. Se l'enduia a Roses amb la moto i allà muntaven la festa. Després n'hi va haver d'altres. I ella ho sabia. Un professional, vaja, sospira el Susqueda, potser nostàlgic d'altres temps abans de la matemàtica, quan ell era entrenador de *fitness*. El futur sotsinspector no pregunta res més i el Lozano treu la fitxa de l'altre sospitós.

No li cal mirar-se-la, se la sap de memòria. El Jesús López, de trenta-nou anys, potser ha anat més a pitjor que el Martí Borràs. Professor d'Història durant set anys a la mateixa escola on estudiava la Bàrbara, va ser acomiadat fulminantment d'un dia per l'altre, després del rebombori de la desaparició. No sé si recordes que van estar a punt d'obrir-li un expedient per la seva especial relació amb les alumnes. Però ningú no el va denunciar. Això sí, la dona va demanar el divorci i li va fer suar tinta durant tres anys per visitar els fills. Ha acabat malvivint en un estudi rònec prop del Mercat de Sant Antoni en companyia d'un gos, fent classes de repàs mal pagades i substitucions en acadèmies, i visitant la consulta d'un psiquiatre. Però prendre fàrmacs i passar els caps de setmana en un pis ple d'humitats davant del televisor tampoc no és cap delicte.

El Susqueda arrufa el nas amb les dues fitxes a la mà. Encara estan sota vigilància?, pregunta. El Lozano sospira. Fa temps que es va acabar el pressupost. Jo mateix he anat esgarrapant hores per mantenir les fitxes al dia, aclareix. La veritat és que creia de tot cor que l'un o l'altre es delatarien en fer algun pas equivocat i que l'acabaria caçant; per això, en quedar-me sense recursos vaig continuar mantenint el setge, discretament, a hores perdudes durant els caps de setmana.

El Toni Susqueda no diu res, però el Lozano endevina que no està disposat a dedicar ni un minut del seu temps lliure a vigilar uns sospitosos pel seu compte. Està massa ocupat amb la seva professora de Matemàtiques, el seu gimnàs i els seus raigs UVA. Si ell hagués tingut l'edat del Susqueda probablement tampoc no ho hauria fet.

I la teva opinió?, pregunta de sobte, amb una mirada inquisitiva. Què vols dir?, fa per guanyar temps el Lozano, desconcertat per la franquesa del noi. Que quins són els arguments a favor i en contra de cadascun d'ells? Per què continues pensant que potser un dels dos va ser l'assassí? Per què aquesta fe? Ets un gat vell i se m'escapa la teva perseverança de creure que acabaran fent un pas en fals.

El Lozano dubta, es grata el cap i rumia. No pot sentir-se ofès en cap cas per l'adjectiu *vell,* al cap i a la fi n'és. Tampoc no és cap honor ser un gat vell. Implica experiència, sí, olfacte, també, però no hi ha glamur ni mèrit a ser un gat vell, només anys acumulats. Intenta oblidar la frase i ser capaç d'explicar al noi els motius que l'han empès a continuar ficant el nas en vides alienes fora d'hores de feina. El Martí Borràs és agressiu i egoista, deixa anar sense miraments. Un xaval acostumat a tenir tot allò que desitja. Un fill únic, malcriat, amb pasta i minyones a qui ha fet la vida impossible, igual que als seus professors. El món, per a ell, és una safata plena de pastissos per llepar-se'n els dits i afartar-se'n. I és clar, els qui l'envolten han de ser complaents i estar al seu servei. Beu molt, ha patit un episodi psiquiàtric i consumeix coca. És mentider i duu una doble vida d'amagat dels pares, que han tancat els ulls a les seves disbauxes. Però tot això, malauradament, que és comú a molts nois de bona família, té un agreujant que m'ha fet creure que sí, que podria haver estat ell. La Bàrbara es va negar a mantenir-hi relacions sexuals i un amant despitat com ell és una bomba de rellotgeria. El Susqueda ha anat prenent notes frenèticament, gairebé a ritme taquigràfic. Finalment, aixeca els ulls i li fa la darrera pregunta: Si et demanés dos adjectius que el definissin i que justifiquessin un crim d'aquestes característiques, quins triaries? Violent i impulsiu, respon sense respirar el Lozano, sobtadament engrescat per l'interès del seu substitut. I el professor?, pregunta el noi sense intermitència. El Lozano no s'ho pensa dues vegades. He de confessar que el professor ha estat sempre el primer del meu rànquing. És un perfil més tortuós, més laberíntic i més enganyós. Aparentment, és un home respectable, educat i culte, amb gustos exquisits, dona, fills, professió, hipoteca, capacitat de sacrifici, entusiasme per la feina i principis. Pura façana. Amaguen un pederasta encobert i covard que mai no havia gosat sortir del refugi d'honorabilitat que li oferia el seu carnet d'identitat. Jugava amb les nenes-dones i hi buscava la seva admiració devota i potser alguna cosa més que ni ell mateix gosava confessar-se. Desconfio per definició dels covards i dels mentiders. El Jesús López és totes dues coses i, per damunt de tot, un abusador reprimit.

Ho ha dit amb ràbia i amb fàstic. No ha pogut estar-se d'afegir-hi sentiments personals, adjectius despectius, ni de mostrar obertament el seu rebuig. El Susqueda li ha demanat una impressió personal i subjectiva i la hi ha donat. Per això el sorprèn la fredor del noi, que es fica el bolígraf a la boca, com una cigarreta i deixa anar: Em fa més mala espina el Martí Borràs. I ho diu sense ànim de polèmica. I per què?, demana intrigat el sotsinspector. Perquè és jove i immadur. I aleshores aixeca els ulls i el mira amb una sinceritat espaterrant. Els joves ens equivoquem més i sempre tenim coses de què penedir-nos. El Lozano calla. Ja fa massa temps que va ser jove i ja no recorda com pensava ni com sentia. Tinc gana, fa sobtadament el Susqueda posant-se dret. D'acord, ho deixem aquí i anem a dinar, suggereix el Lozano mirant el rellotge. És un home de costums, d'horaris, a les dues dina. Però el Susqueda es disculpa, ja ha quedat amb uns amics de l'acadèmia. Em sap greu, però t'he de deixar, murmura deixant un altre cop les fitxes damunt la taula. Després de dinar tindré tot el temps del món per estudiar el cas de la Bàrbara, afegeix. I tot l'interès que havia demostrat fa tan sols uns segons s'esvaeix de cop, substituït pel desig de fotre's un plat de pasta i un bon tall de carn. El Susqueda deu tenir raó, la impulsivitat és la pitjor amiga de la joventut.

El Lozano es queda sol i sap que, mentre dini, el Susqueda no pensarà ni un minut en la noia, ni en la seva família, ni en els sospitosos. És un veterà i intueix que tan bon punt el Toni Susqueda passi per la porta farà un somriure a la secretària i li donarà un copet a l'esquena al Sebastià. Potser comentarà el partit de diumenge del Barça i farà palès el seu neguit per si guanyarà o no la Champions. Però no pensarà en la Bàrbara Molina.

El Lozano va a dinar sol al mateix bar de sempre. Ara

el duen uns xinesos que continuen cuinant el gaspatxo els dimecres i la paella els dijous. Al començament li va doldre que el seu menjador passés a mans estrangeres, però ara ja fa broma amb la Liu Shin i la seva especial manera de marcar els plats. La conclusió és que al final hi ha sortit guanyant perquè mantenen els preus i no són tafaners. Els anys l'han fet desconfiat. De jove, xerrava pels colzes a l'hora dels àpats. Ara dina tot sol, llegint el *Marca* o veient el telenotícies d'esquitllentes. S'ho estima més així, perquè d'aquesta manera poc dolorosa es va desvinculant de mica en mica del món i no li costarà tant quedar-se sol.

I qui sap si el Susqueda, impulsiu i jove, pugui resoldre algun dia el cas de la Bàrbara Molina.

I es pregunta quines deuen haver estat les equivocacions del Susqueda.

5. Bàrbara Molina

Avui no he obert els llibres ni m'he escalfat el dinar. M'he passat les hores pendent del mòbil, els ulls clavats en la petita pantalla, amb l'esperança de veure aparèixer les ratlles miraculoses. Vull sortir desesperadament d'aquí i tinc a les mans la clau per aconseguir-ho, però no és fàcil. He voltat per tots els racons sense trobar cobertura. Sé que n'hi ha. Un cop li va sonar el mòbil quan era amb mi, però no puc recordar el punt exacte on es trobava. Continuo incansable, amunt i avall, m'aturo, el sacsejo, l'aixeco, l'abaixo arran de terra, ressegueixo la paret, rastrejo un cop i un altre les diagonals per enèsima vegada. De sobte, tinc un rodament de cap, les cames em fan figa i m'he d'asseure a terra.

Estic morta de por. I si m'equivoco? Sóc on sóc perquè un cop vaig intentar fer una trucada telefònica. Sempre m'he penedit d'aquell dia a Lleida. Ens havíem aturat per buscar un bar obert i esmorzar. Era molt d'hora i ell va tornar enrere perquè s'havia deixat la cartera. Em va dir espera'm un moment, però tan bon punt el vaig perdre de vista vaig fugir. No tenia el meu mòbil, me l'havia requisat, així que vaig començar a buscar adelerada una cabina. Fugia esverada, mentre treia la cartera i remenava les monedes que m'anaven caient a terra a mesura que corria i corria com una boja. I la vaig trobar dos carrers més enllà. Que no estigui espatllada, m'anava repetint, si us plau que funcioni, murmurava feta un manyoc de nervis mentre marcava amb les mans tremoloses els números de casa. S'hi va posar la mama, però estava histèrica i gairebé no em va deixar parlar. On ets?, cridava. On t'has ficat? La policia i el papa t'estan buscant! I precisament en aquells instants el vaig veure com s'acostava enfurismat cap a mi i només vaig poder dir-li: Ajuda'm si us plau! Res més, perquè la moneda es va quedar travada i jo, paralitzada de por, vaig arraulir-me en un racó de la cabina, resignada al càstig. Ell em va colpejar. Un cop, dos, tres, quatre, no parava, cada cop que el cap em rebotava contra el vidre li creixia la ràbia. Què els has dit?, cridava esbufegant per l'esforç. A qui has trucat? L'aparell penjava del fil balacejant-se com un pèndol i em rajava sang del nas. Sagnava com un porc i esquitxava la cabina, la roba, la bossa. Prou! Prou!, somicava intentant tapar-me la cara amb les mans. Aleshores em va agafar per un braç i em va treure fora. Em va donar el seu mocador perquè m'aturés l'hemorràgia mentre m'arrossegava com si fos un gos. Cap dels dos no ens vam adonar que la meva bossa havia quedat allà, a terra, abandonada. No ens vam creuar amb ningú. No hi havia ningú a aquelles hores pels carrers de Lleida. Tothom dormia. Si m'hagués trobat algú, m'hi hauria llançat als braços i li hauria demanat auxili. Però la boira i l'hora van fer que estiguéssim sols, sense testimonis, i que aquell fos un punt sense retorn. Merda!, va cridar a l'autovia en comprovar esgarrifat que la meva bossa s'havia quedat allà. Ets una desgraciada!

No puc trucar a casa un altre cop. No vull tornar a trucar a la mama, que va ser incapaç d'actuar i no va impedir que ell em tanqués en aquest forat. Però tampoc no em sé més números de memòria. El de casa l'Eva i para de comptar. I de sobte, em retorna la imatge de l'Eva com una glopada del passat, de la infantesa, de moments millors. L'Eva. La meva millor amiga. Ho vam ser, si més no abans que passés allò. Ja no li guardo cap rancúnia. He oblidat les nostres diferències.

M'emprenyo per la meva mala sort i en un rampell llenço el mòbil lluny, com si em cremés, i tanco els ulls. En obrir-los, el veig a terra i pateixo perquè potser l'he trencat. Com puc ser tan imbècil? Camino a quatre grapes, com un gos, i m'aturo a recollir-lo un altre cop. Aleshores, em quedo sense alè. S'ha encès una ratlleta. No em moc i me la quedo mirant, com si fos un miratge. Tinc connexió. Molt poca, però en tinc. I no goso avançar la mà per por de perdre-la. Què faig? Truco? I si en el moment que truco ell arriba? I si ho ha fet a posta i em vol provar? Si em surt malament, puc perdre el poc que tinc. I tots els records que creia arraconats tornen de cop, com fantasmes. I jo, garratibada, amb el mòbil a tocar, sense decidir-me, a punt de perdre el poc que tinc, amb una ratlla de comunicació amb el món, una ratlla que fa pampallugues i em porta la il·lusió amb intermitències. A qui truco?

I un altre cop penso en l'Eva. És l'única de qui

recordo el telèfon, l'única persona que se m'apareix com una esperança remota. No caldria veure la meva família, no caldria declarar a la policia. Fugiria tota sola, ben lluny de tot. L'Eva seria discreta, una bona amiga, i m'ajudaria. Voldria dir-li on sóc, voldria plorar i demanar-li que em tragués d'aquí, que se m'emportés lluny. Però m'aturo. Un cop, només un, em va amenaçar. Si fuges, mataré la família, va deixar anar. Ho faria? Seria capaç de fer-ho? Potser sí. És ben boig. És un boig perillós. O potser no, potser és l'únic capaç d'estimar-me. Qui més podria acceptar-me tal com sóc? Ell és l'únic que em coneix de veritat, sap qui sóc en realitat. No sé què fer. M'ha deixat la compra. M'ha deixat aigua i roba, com sempre, seguint la rutina dels darrers quatre anys que només s'ha trencat un cop.

Un dia, ara farà un any, va arribar amb una bossa i em va anunciar que es quedaria una setmana per celebrar el meu divuitè aniversari. M'havia portat una sorpresa. Un vestit d'estiu sense mànigues estampat de flors negres i violetes amb una llaçada a l'esquena. Em va estranyar que es cordés sota el pit i em va dir que estava de moda i que me'l posés, que era la meva talla segur. Quan somreia i em mirava amb devoció sentia un pessigolleig semblant a la felicitat. Sabia que tot aniria bé si no ho espatllava i vaig ser obedient. Aleshores, em va convidar a pujar a la casa i a sopar amb ell a taula. Em va deixar fer servir la cambra de bany, mirar-me al mirall, potinejar tots els estris dels calaixos, estar-me a la banyera durant hores i veure la televisió. Una nit em va permetre que sortís a l'exterior. Vam caminar a les fosques per camins solitaris, sentint el cant dels grills i mirant el cel estelat, curull d'estels. Em tenia la mà ben agafada, però jo no volia fugir. Aquella setmana vaig ensumar l'olor dels pins escalfats pel sol, vaig trepitjar la terra amb els peus nus i vaig sentir l'alè del migjorn als cabells.

Hi ha gent, em vaig dir, que no ha tastat mai aquestes engrunes de felicitat. Em vaig sentir afortunada i vaig agrair-li aquell gest. No m'havia adonat mai del valor d'una passejada, de l'aire càlid de la nit estiuenca, del plaer d'un bany o del gust de seure a taula menjant una truita de patates. Quan tot això es té a dolls, no s'aprecia. I malgrat la meva relativa felicitat, jo em delia per veure el sol. Tres anys sense veure el sol. Només intuint-lo per l'escletxa del sostre. Li vaig suplicar, plorar i jurar que no faria res, però que volia tornar a sentir el sol a la pell. Finalment hi va accedir i una matinada va obrir la porta, em va fer pujar al cotxe, em va posar un barret i unes ulleres i em va dir: au, anem. Va ser una estona curta, una impressió fugissera. El vaig veure sortir de darrere les muntanyes, vaig deixar que em llepés els braços i que m'acaronés la cara. Vaig cridar d'alegria i vaig tancar els ulls per sentir-lo ben endins. La seva escalfor em va acompanyar durant setmanes, mesos.

Si pogués veure el sol com aquell matí resplendent. Si pogués parlar amb l'Eva encara que fos un cop. Si pogués sentir-la riure, sentir-la dir em pixo, em pixo de riure. Només això. Una alenada d'aire fresc, un raig de sol i prou.

Acosto la mà decidida i sense moure l'aparell marco el número de l'Eva. Que sigui a casa, suplico, que s'hi posi, demano sense saber si ho penso o ho crido. I de sobte se sent una veu. Sí?... Hola?... Digui?... És l'Eva. Eva? Eva! Sóc jo, la Bàrbara!, crido. Sóc jo! Ajuda'm! Bàrbara?, pregunta l'Eva, esgarrifada. Bàrbara? On ets? I, sense poder-me'n estar, agafo el mòbil de terra i me'l poso a l'orella en un gest instintiu. Treume d'aquí! Però ja no se sent res des de l'altra banda. No, no pot ser! S'ha tallat la connexió. La ratlleta ha desaparegut del tot. He tornat a perdre la cobertura.

Intento desesperadament deixar-lo on era, però no detecta el senyal. Ho faig un cop, i un altre i un altre. Em tremolen les mans i m'ofego. Vull plorar però ja no en sé. No ha servit de res! No li he pogut dir on era, no li he pogut demanar auxili! I ara què? I me l'imagino a ell obrint la porta amb els ulls mig tancats, dues escletxes carregades d'odi que ho saben tot, que ho veuen tot, que em jutgen per tot. Potser ja ho sap. I em matarà.

I de seguida m'adono del meu error. He obert la caixa de Pandora.

6. *Eva Carrasco*

L'Eva s'ha quedat amb el telèfon a la mà, estupiditzada, incapaç de reaccionar. Ha sentit la Bàrbara. Era la veu de la Bàrbara. Li ha dit: Sóc la Bàrbara. Però no pot ser, ho ha somiat. La Bàrbara és morta des de fa quatre anys. Però era ella, n'està segura. Ha reconegut el seu xiscle, el seu sospir, el to impostat que feia servir en dir Eva? Gairebé no li ha dit res, només ha cridat ajuda'm. Després s'ha tallat la comunicació i l'aparell ha emmudit. Penja de seguida esperant que la Bàrbara torni a trucar, però no passa res. Aleshores decideix comprovar si la trucada ha existit o se l'ha imaginat. Sí, hi és, de fa dos minuts. Ha quedat el número gravat. És un mòbil. Se l'apunta i truca, però salta el contestador de veu neutra i li informa que el mòbil al qual truca està apagat o fora de cobertura. S'asseu i pensa. O tracta de pensar, però els pensaments pugen i baixen, fan giragonses i l'atabalen. L'Eva pensa que és molt fort assimilar que acaba de rebre la trucada d'una morta. Ha de recol·locar la Bàrbara al món dels vius i no és fàcil. El seu pare, la policia, els amics, la família, tots la consideren morta. Només la seva mare ha esperat inútilment tot aquest temps que aparegués. És l'única, per això ha embogit. Ara deu tenir dinou anys, com ella. I si és viva, on és? Per què li ha demanat ajuda? Per què va desaparèixer? Per què no va tornar mai? Per què no va dir res? Per què va fer patir la família i els amics?

Mira el rellotge. Són les tres i té classe d'anglès a les cinc. Estava acabant de fer els *homework* i encara li queden dos exercicis. Es regira a la cadira sense saber què fer. Està sola i li costa pensar.

Semblava esverada. Cridava. La trucada és important, potser decisiva. Intenta ser racional i ordenar els seus records. Abans de desaparèixer va trucar a la seva mare i van trobar la cabina de telèfon esquitxada de sang, la seva bossa a terra, i mai més se'n va saber res. Té un calfred en recordar-ho. La sang li fa angúnia. A l'escola deien que l'havien tallat a miquetes. L'Hernàndez, un bèstia, va dur una fotografia molt *gore* d'una noia esbocinada i per culpa seva va tenir malsons moltes nits. La visitava la Bàrbara sense un braç, sense una cama, rajant sang, i li deia: Volies que desaparegués, oi? T'has sortit amb la teva. Es despertava amarada de suor i xisclant. El policia que va ficar els nassos a la seva vida gairebé ho va endevinar. Li feia preguntes molt desagradables, la fitava com si fos ella qui li hagués clavat un ganivet i l'hagués assassinat. Us vau barallar, oi?, li va deixar anar de cop una tarda. Potser la segona o la tercera tarda d'interrogatoris. I va haver d'admetre que sí, que s'havien barallat, però que ella no havia fet res a la Bàrbara. El policia no va ser amable en cap moment. No li va dir ho sento, sé que era la teva millor amiga i em sap greu que hagi desaparegut perquè hauràs d'arrossegar la teva mala consciència la resta de la teva vida. En comptes d'això, donava a entendre que ella era còmplice de la desaparició i que estava delinquint per callar. Salvador Lozano, es deia. Un amargat. L'Eva va explicar-li que la Bàrbara i ella havien estat carn i ungla, però ell, sorrut, va disparar a matar i la va encertar. Va ser per culpa del Martí Borràs, oi? Qui dimonis havia xerrat? Hauria volgut escanyar la Carme, de segur que havia estat la Carme. Era idiota o què? Volia que la tanquessin a la presó? Perquè si buscaven motius per desfer-se de la Bàrbara ella tenia el mòbil perfecte. Sí. Ella volia que la Bàrbara desaparegués i li deixés el camí lliure amb el Martí. Perquè la Bàrbara, la seva millor amiga, es va enrotllar amb el noi que li agradava. Tot i que ho sabia, o potser perquè ho sabia. Encara se li cargolen els budells quan ho recorda. Però tot forma part d'un temps tumultuós, regirat, de quan es tapava el cap amb el coixí a les nits i desitjava que a la Bàrbara se l'empassés la terra. Un desig expressat en silenci que es va fer realitat i que no sortirà de la seva boca. Ningú no ho sabrà mai, que va desitjar la desaparició de la Bàrbara. I ningú no sabrà tampoc que finalment va acabar al llit del Martí Borràs. S'estremeix. Va ser una equivocació. Una estúpida espineta que tenia clavada i que es va voler treure, però que només va fer més fonda la ferida. Només li resta un mal gust de boca i la sensació d'haver estat en el lloc que no pertocava amb la persona incorrecta. Tot plegat una rebequeria, una obsessió d'adolescent contrariada. El Martí Borràs havia estat el seu primer amor i la Bàrbara l'hi havia pres. Va ser el seu primer fracàs sentimental. Però en comptes d'empassar-s'ho, va trencar amb la seva millor amiga, va desitjar que desaparegués i un cop el seu desig es va acomplir, ella va esquitxar la seva memòria enrotllant-se amb el Martí Borràs. Va ser una mala experiència, però la va agafar desprevinguda, tendra, i no va saber dir que no. Ell se la va lligar per interès, hi ha pensat molt i n'està completament segura. Volia tancar-li la boca, volia guanyar-se-la com fos. La va seduir i ella hi va caure de quatre potes, com una bleda. Se li regira l'estómac quan li torna als narius el tuf d'aquella casa de Roses que feia pudor d'escombraries. Bafarades d'impressions fugisseres. El roig intens de l'habitació del Martí decorada amb llums vermells i un matalàs d'aigua que havia pispat al seu pare. La música de Duffy, el gust aspre de les seves copes i les seves carícies mentideres. I ella enamoradíssima, penjada d'aquell brètol, empassant-se les seves paraules que embafaven de tan dolces, ben creguda que estava boig per ella. Com va ser tan cega? No et deus pensar que li vaig fer res a la Bàrbara, oi? I recorda que ella, en un moment determinat, va traslluir un punt d'angúnia perquè li va passar pel cap que potser sí que el Martí hi tenia alguna cosa a veure. Durant uns instants va tenir por de morir escanyada. I potser va ser aquell petit canvi d'actitud, que es va traduir en una tremolor de llavis i un parpelleig forçat, el que va trencar l'encís i el que va provocar l'incident del celler. Tot plegat un mal rotllo que el Martí va adobar després. Però la recança ja s'havia instal·lat enmig de tots dos. I la desconfiança. I sobretot la vergonyosa deslleialtat cap a l'amiga desapareguda, que es va agreujar a la tornada quan, dins del cotxe, ell va blasmar contra la Bàrbara, posant-la a parir, dient que era una mala pècora i una escalfabraguetes, i li va arrencar la promesa que no l'implicaria. I ella ho va acceptar i va ser, si era possible, més mala pècora que la pobra Bàrbara.

El Salvador Lozano, però, es mereixia que l'enganyés, la va tractar com si fos culpable. Volia saber si s'havien barallat, si tenia comptes pendents amb la Bàrbara, si hi havia hagut algun mal rotllo entre elles. I li va respondre que sí, que havien discutit, però no per culpa del Martí Borràs, sinó per culpa del Jesús, el professor d'Història. Què dius? Per què?, havia saltat de seguida el Lozano. I ella es va adonar que l'havia encertat de ple i va garlar pels descosits buidant el pap de tots els afronts que havia anat apuntant escrupolosament al llarg del curs i que s'havia guardat amb rancúnia, molt endins. Li va dir que la Bàrbara estava penjada del Jesús, que era la pura veritat, que coquetejava amb ell, que també era veritat, que ell la grapejava mig de broma mig de debò, que era una veritat tangible, i que de vegades quedaven a soles, tots dos, d'amagat de tothom, que era una veritat que només sabia ella de boca de la Bàrbara. Havia dit mitges veritats enverinades i mai no hauria cregut que la seva paraula d'adolescent pogués tenir un pes tan decisiu en la vida d'algú. El va ensorrar completament. Tanmateix, d'això no se'n penedeix gens.

L'Eva mai no va ser de la penya del Jesús. No sap del cert si és que el Jesús no la va convidar a formar-ne part o si ella se'n va allunyar voluntàriament. Però li venien ganes de vomitar. El professor mitja merda citant les nenes maques fora d'hores de classe. La colla d'incondicionals del Jesús fent-li la pilota, llepant-li el cul i jugant a intel·lectuals. Comentaven pel·lícules que no entenien i feien veure que llegien llibres que els queien de les mans. A classe es barallaven per endur-se les seves picadetes d'ull, els seus copets innocents al cul, les seves floretes. I la Bàrbara al mig. Des del primer dia que la va clissar, va dir vine cap aquí i la va agafar ben fort. La Bàrbara estava penjadíssima d'aquell babau a qui ningú havia cantat les quaranta fins al dia que el Pep Molina, el seu pare, li va trencar la cara. Se'n va alegrar un munt. S'ho mereixia. Molts altres pares haurien hagut de fer-ho abans. I per sort, al final, tot es va esbombar, tot es va saber. Tanmateix, ràpidament, tot es va tapar. Hipòcrites. El Jesús és lliure i no s'ho mereix. Es mereixeria estar-se a la garjola, per pervertit, per manipulador, per pederasta, per assassí de la Bàrbara, conclou l'Eva. Això és el que sempre havia pensat. I ara què? Ara va i resulta que la Bàrbara és viva. Com es menja, això? I potser ella és l'única persona del món que ho sap. O no?

No es pot treure del cap el crit de la Bàrbara. Ajuda'm! Això significa que no és lliure, que la seva vida està en perill, que està amenaçada o tancada. I aleshores s'angoixa més per la responsabilitat que li ha caigut a sobre de cop. Ella, precisament ella. La mala amiga. La traïdora.

Hi dóna voltes una estona. Hi pensa. S'adona que s'ha volgut convèncer, durant aquest temps, que va obrar bé. Que va apuntar en la direcció correcta desviant l'atenció del Martí cap al Jesús, perquè va ser ell qui va fer mal a la Bàrbara. Però ha de reconèixer que no n'està segura. Sobretot perquè no ha explicat a ningú l'incident del celler de la casa de Roses. Dels crits que li va fúmer el Martí quan la va enxampar a la porta del celler, a punt de girar el pany. De com se li van encendre els ulls. De la ràbia que tenia a dins. De la mà que es va aixecar per pegar-li i de com ella va fugir escales amunt, morta de por. No ho va explicar a ningú perquè hauria estat pública i notòria la seva cita i en aquells temps aquesta mena de coses li importaven molt. El Martí va justificar-se, després a l'habitació, dient que podria haver-se matat. Que el seu avi va relliscar per les escales i es va esberlar el cap i que no volia que hi baixés ningú. I se'l va voler creure. Més d'un cop ha rumiat sobre els motius pels quals el Martí es va enfurismar. Què hi amagava, al celler? Què era el que no volia que ella veiés? I ara, la trucada desesperada de la Bàrbara demanant-li ajuda ha revifat l'incident i li ha fet lligar caps. Potser..., es diu sense gosar elaborar la frase sencera. Potser..., pensa angoixada mentre les mans comencen a tremolar-li insistentment. L'Eva deixa els *homework* de banda i agafa el telèfon. A l'agenda del damunt la tauleta de la sala no li costa gaire trobar el número de l'extensió del sotsinspector Lozano. Ja es va encarregar ell de fer-li apuntar el número, vulguis que no, i d'insistir fins a l'avorriment que, sobretot, si tenia cap pista sobre la Bàrbara s'hi posés en contacte immediatament. Potser és un sonat, però fa la seva feina i és un home seriós. Ell sabrà el que cal fer en un cas així. Aquest cop li ho explicarà tot, no li amagarà res. Tant li fa la seva vergonya per haver mentit i per haver estat penjada del Martí Borràs. Ara és una dona i pot assumir els errors de quan era tot just una nena.

Hola, bon dia, o bona tarda, podria parlar amb el sotsinspector Lozano, si us plau? Mira el rellotge, és un quart de quatre del migdia, una hora difícil per saber si dir bon dia o bona tarda. Els anglesos són més cartesians. Després de les dotze s'ha acabat el matí. Doncs en aquests moments està dinant. De què es tracta? L'Eva s'atura. No vol xerrar amb ningú que no sigui el Lozano. És un tema privat, diu contundent. La veu de l'altra banda sona més intimidatòria. Digui'm el nom i el telèfon. L'Eva no respon, se sent malament. No vol aixecar la llebre. Ara es penedeix d'haver trucat a la policia. Qui és vostè? El seu nom? Se sent com aleshores, acusada injustament, i penja panteixant, com si a mitja ascensió al K2 s'hagués quedat sense oxigen. I ara què?

Aleshores s'aixeca i agafa la carpeta d'anglès, per costum, perquè li fa companyia i li tapa les tetes, que les té massa grosses.

Farà el que qualsevol faria en el seu cas. Anirà a veure la seva família.

7. Salvador Lozano

El Salvador Lozano s'ha ficat un escuradents d'amagatotis a la butxaca i ara, tot sol al despatx, es burxa les dents mentre espera el Toni Susqueda. Li encanta el bacallà, però en acabat se'n penedeix. La dona li va regalar un raspall de dents plegable, d'aquells que venen a les farmàcies i que sempre perd. L'Isa, la telefonista, li ha dit que una noia que no ha volgut donar el seu nom ha preguntat per ell. Comprova el número a la base de dades i digue'm qui és, li respon. Si és important ja tornarà a trucar. Això rai, qui el busca el troba. Com el Pep Molina, que no ha tingut problemes de trucar-li fora d'hores i d'anar-lo a cercar al bar on fa el cafè cada matí. Si no hagués estat pel pare de la Bàrbara, el cas s'hauria mort molt abans.

És un cas sense massa esperances, deixa anar de bon començament al Toni Susqueda, que s'asseu davant seu, amatent, com un alumne aplicat, amb el bloc de notes i el boli a la mà i una guspira alegre als ulls negres, molt negres. Ha begut vi, sospita en Lozano, i ha estat explicant acudits verds a les postres, aventura amb gosadia creativa.

Som-hi, fa mentre treu tots els papers de l'expedient i els escampa damunt la taula. Fa quatre anys, la Bàrbara Molina, aleshores una noia de quinze anys, es va escapar de casa. Sense motiu, sense cap raó aparent. El dimarts vint-i-dos de març de 2005 va deixar una nota manuscrita. Una nota d'adolescent escrita a corre-cuita. Força taxativa, definitiva i tràgica. *Me'n vaig, no em busqueu. Bàrbara.* La seva mare, la Núria Solís, ens va trucar l'endemà, després d'haver-la buscat inútilment a casa les amigues i els coneguts. El pare, en Josep Molina, era contrari a acudir a la policia, però va cedir a la insistència de la dona. Una fugida voluntària no és cap desaparició, però es tractava d'una menor i no volíem córrer riscos. Ens hi vam posar de seguida i vam engegar els dispositius habituals de recerca, tot i que érem a les portes de Setmana Santa. La mare va trobar la nota dimarts al matí i jo me n'anava de vacances dijous a la tarda. Ho tenia tot reservat i no podia cancel·lar-ho, afegeix més amicalment, com una concessió a una suposada amistat que no existeix. Això no ve a tomb, però potser eren les primeres vacances que feia amb la família des de feia molts anys. Ja ho saps, mai no descansem i sempre ens enduem la feina allà on siguem. Dit això, continua amb el relat i reprèn el to neutre i professional. Al començament no ens va semblar un cas difícil, les primeres prospeccions ja van donar-nos fils per estirar. Els resultats acadèmics desastrosos eren només la punta de l'iceberg, a sota s'hi amagava una adolescència conflictiva sotragada per un desencís amorós recent. Probablement torni penedida al cap d'uns dies, demani ajuda a alguna amiga, es posi en contacte amb el nòvio o sigui localitzada pels agents, vaig pensar amb optimisme. Les amigues, però, no en sabien res. No tenien ni idea d'on podia haver anat la Bàrbara. Això sí, totes van apuntar cap al mateix noi. La coincidència era unànime. El Martí Borràs, de vint-i-dos anys, un monitor de l'Esplai Sant Gabriel, el centre excursionista al qual pertanyia la Bàrbara des de feia tan sols un any. Feien excursions a la muntanya alguns caps de setmana i estaven preparant unes colònies per als dies de Setmana Santa. Es reunien els dissabtes al matí als locals de la parròquia, al carrer Urgell, molt a prop de casa de la Bàrbara. El Martí, però, no quadrava gaire amb els nois que acostumaven a fer de monitors. Tenia un perfil, per dir-ho d'alguna manera, més *pijo.* Estudiava a ESADE primer curs de Direcció d'Empreses, esquiava, punxava en una discoteca esporàdicament i havia aprovat a la primera l'examen de conduir. Era un noi amb èxit, poc estudiós, però espavilat per a allò que li interessava. Guapo, sense cap dubte. Un noi presumit, dels que es miraven al mirall durant hores abans de posar els peus al carrer. Pantalons caiguts amb un posat estudiat, extravertit, bromista i força sociable. Parlava dos idiomes estrangers, havia anat a tres escoles bastant exclusives, i havia repetit el quart d'ESO i el segon de Batxillerat.

El vaig visitar jo mateix dimecres a la tarda i el vaig enxampar preparant la motxilla per a la sortida de dijous de l'esplai a una casa de colònies a l'Estartit. Estava sol perquè els pares eren de viatge a Londres. Puc assegurar que el seu estupor semblava sincer. No en tenia ni idea. La Bàrbara no li n'havia dit res i, a més, va deixar molt clar que ell ja no sortia amb ella.

Havien trencat. Quan? La data era molt recent. Aquell cap de setmana. El dissabte dia dinou, la nit de Sant Josep, havia estat la darrera vegada que l'havia vist i no n'havia sabut res més. En voler escatir els motius de la ruptura, el noi es va regirar nerviós i va balbucejar una excusa. Coses nostres, va adduir, ho vam deixar córrer. De bon començament no vaig trobar oportú insistir-hi. A més, no va posar cap pega perquè reviséssim el seu mòbil, el seu Messenger, el seu correu. Tot net. Al cendrer, però, hi havia restes de porros. Vaig callar i em vaig apuntar la dada. Vaig deixar-li la consigna que davant de qualsevol senyal de vida de la noia estava obligat a comunicar-nos-ho immediatament.

I vaig continuar les investigacions. La tutora de la Bàrbara, la Remei Comas, cinquanta-dos anys, llicenciada en Hispàniques i docent de llengua castellana des de feia vint-i-nou anys a l'Escola Llevant, va venir a dir, si fa no fa, el que ja sabia. Que era una noia desperta, que havia tingut problemes i que havia descuidat els estudis. Ho havia suspès tot i potser li havia caigut el món a sobre. Em va semblar esquerpa i seca. Un parell de cops la vaig enxampar amb una vacil·lació. Mesurava les respostes i no es deixava endur per les emocions, cosa força sorprenent en una tutora que havia mantingut un contacte estret amb la Bàrbara al llarg del curs i que suposadament havia conegut els problemes que l'havien fet fracassar a l'escola. De passada, com qui no vol la cosa, vaig deixar anar una pregunta que faig sempre. Sospita algun altre motiu que pogués aclarir la fugida de la Bàrbara? I aquí va dubtar uns instants. Fa prou temps que sóc en aquesta feina per saber quan les persones són circumspectes, porugues o encobridores. Pertanyia al tercer grup. Es va frenar, però no va negar-ho categòricament. No volia implicar ningú, potser li semblava lleig assenyalar amb l'índex algun alumne, algun noi o noia que seria considerat sospitós d'un assumpte greu només per una vaga intuïció. Tots juguem a detectius, tots elaborem teories, tots som en potència indagadors de la realitat i desitgem que la realitat sigui una fórmula matemàtica que ens resolgui l'equació. Potser la Remei Comas tenia la seva pròpia hipòtesi. Vaig deixar-la per a una segona ronda, quan tot estigués més clar.

Vaig tornar a parlar amb els pares i vaig intuir diferències entre ells. Arrossegaven més d'una crisi motivada per l'adolescència de la Bàrbara. El Pep Molina era un home estricte, seriós, obsedit a marcar els horaris i les companyies de la seva filla, però a causa de la seva feina, representant de joieria, viatjava força i delegava responsabilitats en la seva dona, la Núria Solís, que tenia força més màniga ampla i feia de tapadora de les anades i vingudes de la filla. Aquesta diferència de parers ja els havia costat més d'una discussió.

Tres causes per marxar de casa: conflictes familiars, fracàs escolar i una baralla d'enamorats. Se n'havia anat sense un duro i amb una bossa amb quatre peces de roba i un necesser personal. En aquells moments hauria posat la mà al foc que la Bàrbara tornaria al cap d'una setmana amb la cua entre les cames si abans una patrulla no la localitzava dormint pel carrer. Vaig fer les maletes després de distribuir les seves fotografies i deixar un bon equip a càrrec del cas. El sergent Maldonado es va quedar de guàrdia i dijous a la tarda vaig conduir cap a la Manga del Mar Menor, el somni de la meva dona. Tanmateix, una trucada del sergent Maldonado em va treure del llit el divendres dia vint-i-cinc a les sis quinze del matí. Tot s'havia precipitat en poques hores i el cas s'havia complicat molt. Me'n va fer un resum ràpid. La mare de la Bàrbara els havia alertat cap a les dues de la matinada. La nit abans, ella i el seu marit havien trobat a faltar una targeta seva de la Caixa de Pensions. Havien suposat, ben encertadament, que se l'havia endut la Bàrbara, havien comprovat les extraccions a través d'internet i, en efecte, algú havia tret diners a l'estació de Sants dimarts i a Bilbao dijous, aquell mateix dia. La Bàrbara, és clar. La germana de la Núria Solís, l'Elisabet Solís, vivia a Bilbao i la Bàrbara tenia molt bona relació amb ella i amb el seu marit, l'Iñaki Zuloaga. Ja els havien trucat, però no eren a casa i no responien al mòbil. Tenien un veler i eren aficionats a la navegació. Possiblement eren a alta mar. El pis, doncs, era buit i la Bàrbara, probablement, voltava per Bilbao. El Pep Molina, pare de la Bàrbara, havia agafat el cotxe, havia sortit cap a Bilbao i s'havia apostat davant de la casa dels cunyats. El sergent Maldonado va actuar molt correctament. Va posar-se en contacte immediatament amb l'Ertzainza i va trucar al pare de la Bàrbara perquè els tingués al corrent sobre qualsevol pista que els pogués conduir cap a la noia. Sembla que el Pep Molina va sortir amb un exabrupte dient que no li calia policia per trobar la seva filla, que era un tema familiar i que tan bon punt l'enxampés se solucionaria tot. Mentrestant, l'Ertzaintza havia fet prospeccions amb els veïns del bloc de pisos on residien els Zuloaga i havien tingut sort. Unes germanes solteres i granadetes que vivien al segon segona, el mateix replà que el matrimoni Zuloaga, van declarar que la Bàrbara havia estat trucant insistentment al pis dels seus oncles cap a la una del migdia de dijous. La coneixien d'altres vegades. Li van explicar que la parella era fora i la noia es va posar a plorar. La van fer entrar, li van donar dinar i ella els va confessar que havia viatjat per donar una sorpresa als seus oncles, però que no sabia com localitzar-los. No va voler quedar-se a casa seva. Els va jurar i perjurar que tenia bitllet d'autobús de tornada i se'n va anar. Mai més no se'n va saber res.

El pare va arribar de matinada i va estar pul·lulant pels bars dels voltants. El recordaven preguntant per la noia. Finalment, a les cinc i quaranta-cinc minuts del matí, mentre el pare era a Bilbao apostat davant del pis i la policia la buscava pels carrers de la ciutat portuària, la Bàrbara trucava al telèfon de casa seva des de Lleida. Una sola trucada a la mare demanant-li ajut i cridant. La trucada va ser bruscament interrompuda. Des de la central van localitzar-la ràpidament, s'havia fet des d'una cabina de Lleida ciutat, a prop del Segre. Al cap de deu minuts, van trobar la cabina plena de sang amb la seva bossa a terra. A la bossa hi havia tota la documentació de la Bàrbara, però hi faltava el seu mòbil. Cap testimoni. Cap pista.

A partir d'aquí, el misteri més absolut.

El Salvador Lozano se serveix un got d'aigua. Encara té la boca seca quan reviu aquells moments. Fa un glop i continua: Vaig haver de suspendre les vacances definitivament. L'instint em deia que el cas era molt greu i que requeria la meva presència. I així va ser. Vam esperar inútilment una trucada, un avís, un testimoni. Vam investigar detingudament totes les empremtes i restes deixades a la cabina. Tot va ser en va. El Pep Molina havia tornat cap a Barcelona fet un manyoc de nervis i em burxava contínuament. Volia que actuéssim, que detinguéssim gent, que trobéssim la seva filla. Vaig haver de parar-li el peus perquè va començar a blasmar la policia en els mitjans de comunicació. Era comprensible. L'home estava exaltat. I mentre la mare es deixondia, el pare orquestrava una campanya de cartells i manifestacions que va crear rebombori al voltant del cas, i que en va dificultar la recerca. Un home capaç d'anar a buscar la filla a la fi del món i convocar rodes de premsa també és capaç de fer la justícia pel seu compte. Setmanes després va fer-li una cara nova al professor d'Història, el Jesús López, sobre qui, de rebot, van recaure les sospites. Però m'estic avançant.

Vaig reiniciar la investigació amb sessions maratonianes amb els pares i els familiars més propers. Calia escorcollar bé el seu entorn i vaig estrènyer els cargols a la mare, potser la persona que sabia més coses de la Bàrbara i potser qui havia amagat més secrets. I així va ser. En un interrogatori en solitari, la Núria Solís es va ensorrar i va confessar-me que tres mesos abans de la desaparició va descobrir cops i talls als braços i a les cames de la seva filla. Va ser casualitat que entrés a la cambra de bany i la trobés nua eixugant-se amb la tovallola en sortir de la dutxa perquè, va puntualitzar, la Bàrbara sempre tancava la porta. Aquest cop, en veure-la, es va horroritzar. La Bàrbara va mentir-li dient que havia caigut amb la moto d'una amiga i que no volia esverar-la. El que li va semblar més estrany de tot plegat van ser els talls als avantbraços. En un lloc invisible, però íntim i dolorós. La Núria Solís és infermera i sap perfectament que aquesta mena de ferides són sovint autolesions. La va posar contra la paret, però la Bàrbara ho va negar tot. Va negar que ningú li fes mal i va negar també que ella mateixa s'hagués fet els talls. Es va arrapar a la versió de la caiguda de la moto i la Núria Solís va callar per por del marit i de la seva reacció excessiva. Hi havia, doncs, algú que havia violentat la Bàrbara abans de la seva fugida. Potser el seu nòvio, potser algú altre que no sabíem. L'Eva Carrasco, l'amiga, es va quedar astorada, no en sabia res. Els germans, de només deu anyets, estaven aclaparats per la situació i ens van ajudar ben poc. La tieta, l'Elisabet Solís, i el seu marit, l'Iñaki Zuloaga, en canvi, coneixien molt la Bàrbara i estaven afectats pel fet que no els hagués trobat quan més els necessitava. Eren joves, aleshores trenta-sis i trenta-nou anys, i optimistes, i van fer el retrat d'una Bàrbara més complaent, més amorosa, menys díscola que la que ens arribava per via dels seus pares. Evidentment, eren la mena de parella oberta, liberal i afectuosa que una neboda aniria a cercar en cas de problemes. Però, precisament per la llunyania, poca cosa més van poder aportar al cas, exceptuant, és clar, un glop d'aire fresc, que sempre s'agraeix.

Perdona, fa el Susqueda interessat en aquesta dada.

Has dit que els oncles de la Bàrbara no eren a casa seva i que no tenien cobertura al mòbil. On eren? De camí cap a les illes Cíes, navegant pel Cantàbric. De seguida que es van assabentar de la desaparició van girar cua i van tornar. El Susqueda el torna a interrompre: Qui els va avisar i com? El Lozano es grata el cap. Evidentment, és una dada que en aquells moments, enmig del garbuix, va trobar intranscendent. No ho sé, suposo que els devia trucar la Núria Solís. L'Elisabet és la seva única família. El Susqueda no es dóna per vençut: No ho entenc. Si no tenien cobertura al mòbil o el tenien apagat, com els van poder avisar? El Lozano admet que té raó. Que totes les escletxes poden esdevenir forats i que aquesta dada sobre qui va avisar a qui i com, no la va considerar rellevant en el seu moment. Perdona, perdona, m'he avançat, continua, si us plau, es disculpa el Susqueda adonant-se que en realitat ignora qui són aquests familiars de la Bàrbara. El Lozano reprèn el fil amb alguna vacil·lació. La Bàrbara havia passat llargues temporades en la seva companyia quan era més petita. Adorava el seu oncle Iñaki, que li havia ensenyat a nedar i a navegar. L'Iñaki Zuloaga era biòleg investigador marí i treballava a la Universitat de Deusto. Tenia una trajectòria impecable. Havia estat *postdoc* durant tres anys a Londres investigant al Natural History Museum. Allà havia conegut l'Elisabet Solís, que es trobava fent un lectorat de català a la Bloombsbury School. Van tornar junts a Espanya quan l'Iñaki va aconseguir una beca Ramón y Cajal a Bilbao. Es van casar i l'Elisabet de seguida va trobar feina com a professora de llengua anglesa en un institut de Secundària. En Zuloaga, un home viatjat, cosmopolita i brillant, amb dues portades a la revista *Science*, era per damunt de tot un home afectuós. No tenien fills i la Bàrbara havia estat la seva joguina des dels quatre anys fins als tretze. I el Lozano s'atura i mira fixament el Susqueda. Aquesta darrera dada m'intrigava. Per què s'havien distanciat els oncles i la neboda? En preguntar per què no hi havia tornat els darrers estius em vaig adonar que les relacions amb el Pep Molina eren tibants. L'Iñaki Zuloaga, discretament, em va donar entenent que havia estat una decisió del pare que no tornés. Vaig estirar d'aquest fil fins on vaig poder i no en vaig treure l'aigua clara. Només eren diferències de criteri en la concepció del món i de l'educació? O hi havia alguna cosa més? El Pep Molina titllava el cunyat d'esnob irresponsable i creia que no era un bon exemple per a la filla. No ho sabia del cert, però deia que bevia i que deixava que la Bàrbara aprengués coses impròpies per a la seva edat. Es referia a sortides nocturnes amb el veler a la recerca de crustacis marins i a trobades i festes amb els amics, professors universitaris. La Núria Solís va dir simplement que la Bàrbara s'havia emmirallat massa en l'estil de vida dels seus oncles i que van decidir que havia de fer la seva, amb gent de la seva edat i sota el control dels pares. Fos quina fos la raó, en les seves declaracions quedava patent que el matrimoni Zuloaga se l'estimava de debò. O si més no, ho semblava. Ja saps, afegeix, en la nostra feina no podem donar res per fet. Tots, fins que no es demostri el contrari, són sospitosos. I un altre cop vaig tornar al principal sospitós. Al xicot amb qui sortia. Aquell Martí Borràs que vaig interrogar un dia abans de la seva desaparició definitiva. Havien aparegut empremtes seves a la bossa de la Bàrbara, però cap a la cabina de telèfon. A la pregunta d'on era el divendres a les cinc quaranta-cinc del matí, el Martí Borràs no va contestar de seguida. De colònies, va dir-nos finalment. Segons ell, havia sortit dijous al matí cap a l'Estartit i s'hi va estar fins diumenge al matí. Els pares ho van corroborar a la tornada perquè acabaven d'arribar de Londres. Però en interrogar companys seus de l'esplai van confirmar que mentia. El Martí Borràs sí que se'n va anar de colònies amb tot el grup, però ho va fer com altres cops. Sembla que acostumava a desaparèixer algunes nits amb la moto i apareixia de bon matí, com si no hagués passat res. Dijous a la nit va dir que anava de festa i va marxar de la casa de colònies de l'Estartit cap a les deu. Va aparèixer divendres al matí cap a les onze trenta amb signes d'haver begut i força brut. Ningú, però, va veure restes de sang a la seva roba, estava rebregada i tacada, però no de sang. Malauradament, no vam poder comprovar-ho perquè la roba que duia posada aquella nit ja havia anat a parar a la rentadora. La coartada era feble. Segons ell, després d'un interrogatori llarguíssim, va especificar que va anar a Razzmatazz, una sala força coneguda de Barcelona, a una festa d'uns amics. Allà va ballar fins a les dues o les tres de la matinada i després va anar a dormir la mona a casa seva. De matinada va conduir un altre cop fins a l'Estartit. Testimonis?, pregunta el Susqueda. El Lozano arrufa el nas. Sí. Dues noies que van ballar amb ell i un amic que el va convidar a dues copes. Els testimonis arribaven fins a la una de la matinada. Després, ningú no el va veure més. El Susqueda aixeca el cap sobtadament. Quina moto tenia? Una Yamaha 750. El Susqueda fa un xiulet tot deixant entendre que n'entén, de motos. Pot agafar els dos-cents quilòmetres. Això significa que podia haver fet el recorregut Girona-Bilbao en sis hores i el de Bilbao-Lleida en tres hores, que sumen... El Lozano l'interromp. Més de nou hores, això suposant que no s'aturés ni cinc minuts i que hagués quedat a una hora molt precisa amb la Bàrbara en un lloc. Ja ho vam calcular i no surt el temps per enlloc. La trucada de la Bàrbara des de Lleida va ser a les cinc quaranta-cinc del matí i el Martí Borràs, encara que els seus testimonis de la festa haguessin mentit, no podia ser a Lleida fins a les onze del matí. Si els testimonis deien la veritat, era del tot impensable. El Susqueda fa petar la llengua. I si es van trobar a Lleida?, deixa caure de sobte. Com?, fa el Lozano, desconcertat. Doncs quedant, una cita d'última hora de la Bàrbara. La Bàrbara havia tingut tot dijous a la tarda per viatjar de mil maneres, hi ha moltes combinacions. Un moment, un moment, fa en Lozano aturant el noi. I com s'havien comunicat? El Martí no tenia cap trucada del telèfon de la Bàrbara. El Susqueda, aleshores, deixa anar una hipòtesi arriscada. Tal vegada la Bàrbara tingués dos mòbils. El Lozano es queda garratibat. Per què? Per amagar-se de la família, respon sense cap vacil·lació el Susqueda. Una nena que planifica una fugida, que menteix i que està sotmesa a un control patern, se les empesca per comunicar-se amb qui té prohibit sense que els pares ho sàpiguen. Com ho fa un marit quan sap que la dona li revisa el mòbil?

Se'n compra un altre de targeta, l'amaga i només té el número alguna persona molt especial. El sotsinspector Lozano no respon immediatament. S'ha quedat fora de combat. Un altre mòbil és una possibilitat que no van contemplar. Un mòbil fantasma, inexistent, per trucar només a determinats números. Un mòbil que els seus receptors potser tenien entrat amb altres noms, per seguir-li el joc de l'encobriment. D'entrada li sembla una idea rebuscada, pròpia d'una ment rebuscada, però aviat s'adona que no ho és tant. Si fos així, moltes de les prospeccions que han fet a través de la línia de telefonia mòbil tindrien forats.

Intenta reordenar els pensaments que el Susqueda li ha deixat anar desordenats. A veure: M'estàs dient que potser la Bàrbara sí que va trucar al Martí Borràs al seu mòbil, que el Martí va conduir dues hores amb la moto fins a Lleida i que allà es va trobar amb la Bàrbara? Per què no?, deixa caure el Susqueda. Es tracta de plantejar les coses de manera diferent i canviar la llista de sospitosos. Qui podria haver-se trobat directament amb la Bàrbara a les cinc quaranta-cinc de la matinada a Lleida? El Lozano sap que té raó i s'avé al seu joc. D'acord, diu, sobtadament engrescat. Imaginem-nos que és així. Que la Bàrbara s'ha desplaçat a Lleida pel seu compte i que truca al Martí, el seu exnoviet, perquè la vagi a buscar per reconciliar-se. Recordem que han trencat no fa ni una setmana. Aleshores esclata l'incident. Gelosia, intent de violació o violència, un incident que s'arrossega des de dissabte a la nit. La Bàrbara fuig i troba una cabina. Mentre està trucant, el Martí la intercepta, la fereix i se l'enduu caminant fins on ha deixat el vehicle. Té moto, recordem-ho. On se l'enduu amb la moto? A un descampat? A Barcelona? A la casa de Roses? El Susqueda fa una observació interessant. Roses és al costat de l'Estartit i has dit que els seus pares eren a Londres. Efectivament, admet el Lozano, caut. Suposem que sí, que se l'enduu a Roses per amagar-la o per tirar-se-la. Un lloc recurrent on sempre porta les noies. I allà és on té lloc el crim. De bon matí el Martí arriba al campament cap a les onze trenta com si no hagués passat res. Evidentment, no ha dormit en tota la nit.

Es queden callats tots dos, un instant, atuïts per la possibilitat que fos tal com ho han plantejat d'una manera natural, intuïtivament natural, que és la manera com flueixen les idees. I el Lozano, sense que el Susqueda digui res, despenja el telèfon i truca. Encara té potestat per donar ordres sobre el cas. Lledó? Sóc el Lozano. Estic revisant el cas de la Bàrbara Molina amb el Susqueda. Vull una ordre judicial per escorcollar la casa de Roses del Martí Borràs. Envieu una patrulla per buscar-hi restes d'un cos. Ja sabeu, jardí, traster, celler. Informeu-me'n de seguida. Penja resolut i mira de fit a fit el Susqueda. Ja no el veu inexpert. Jove, tal vegada, però un jove potser és una alenada d'aire fresc per al cas.

Per on anava?, fa distret. Ah sí, es respon ell mateix. Per les investigacions al voltant del Martí Borràs. Li vam punxar els telèfons i vam estar registrant les trucades fetes durant els dies que precedien la desaparició. No quedava constància de cap trucada de la Bàrbara. Vam convidar-lo a un interrogatori en companyia de la millor amiga de la Bàrbara, l'Eva Carrasco. Vam provar-ho perquè tots dos es coneixien i, segons el que ens havia arribat, l'Eva hi havia flirtejat abans que la Bàrbara aparegués a l'esplai i l'hi prengués. El seu comportament va ser força sospitós. A la sala d'espera, l'Eva manifestava obertament la seva inquietud i la seva desconfiança envers la policia. Però el Martí la va fer callar en assenyalar-li amb la mà un possible micròfon. No sabia que la seva espera simulada estava sent filmada. El seu comportament era impostat de totes totes encobria més coses. En aparèixer l'agent per dur-los al despatx, el Martí Borràs va simular una preocupació que no expressava ni molt menys cinc minuts abans, quan era tot sol amb l'Eva. L'interrogatori no va ser massa sucós. L'Eva estava a la defensiva i el Martí callava. Els vam acarar. Quins problemes personals tenia la Bàrbara? Tiraven pilotes fora i no s'hi involucraven. Van parlar del pare estricte que la controlava, de l'oncle meravellós que no li deixaven veure, del professor d'Història que l'enlluernava amb els museus i el cinema, de les seves males notes i del temps que la mare dedicava als germans petits dels quals, deien, estava gelosa. Però ja teníem els indicis de culpabilitat del Martí Borràs que buscàvem. Tanmateix, necessitava alguna cosa més i la vaig trobar. Remenant el seu expedient clínic vaig descobrir un ingrés a la unitat de psiquiatria de la Clínica Teknon de Barcelona. Un brot psicòtic a l'edat de disset anys durant el qual va agredir un company de classe i va amenaçar de matar la seva mare amb unes tisores. Els pares ho havien dut amb la màxima discreció, però jo

ho havia trobat. Desequilibri mental, violèr
tot falsedat testimonial que encobria indic
bilitat. Em vaig arriscar i el vaig detenir. Els interro-
gatoris, aleshores, van ser més durs i inquisitius. No en trèiem l'aigua clara, però. No es contradeia, ni es delatava, malgrat que ens escamotejava informació. N'estava segur, que mentia, i vam aconseguir que es posés prou nerviós per advertir-nos que els seus pares ens posarien una denúncia. Teníem poc temps. Els pares, efectivament, ja estaven movent fils i s'havien procurat un advocat caríssim que ens tenia a ratlla. Les amigues l'apuntaven, la mare de la Bàrbara l'apuntava i jo sospitava que la raó primera de la fugida de la Bàrbara estava vinculada al trencament amorós i l'agressió misteriosa de la nit de dissabte. D'això n'estava segur. Finalment, el Martí Borràs va cantar. Va ser gràcies a l'habilitat del Romagosa. El coneixes, oi? És un interrogador collonut. Te'l recomano en casos difícils. El Romagosa el va dur fins a un carreró sense sortida i el Borràs, acorralat, va declarar, potser ni se'n va adonar quan ho va dir, que la Bàrbara s'havia negat a mantenir relacions sexuals amb ell. I a partir d'aquell moment, amb una sinceritat espaterrant i força sang freda, va confessar que no estava acostumat a negatives i que va intentar-ho tres cops, i tres cops la Bàrbara el va rebutjar amb excuses diferents. La darrera va ser la nit de dissabte abans. El Romagosa el va posar fàcilment contra les cordes preguntant-li què va fer ell. El Martí Borràs no va respondre. El silenci era eloqüent. La va forçar? Li va pegar? La va violar? El Martí Borràs va negar-ho tot, però va anar donant

detalls. Segons ell, la Bàrbara havia acceptat de bon grat la seva invitació per passar la nit plegats al seu pis aprofitant que era el primer cap de setmana de les vacances i estava sol a Barcelona, mentre els seus pares volaven cap a Londres. Tot anava bé, havien begut, havien posat música i s'havien besat. En començar a despullar-se, però, la situació es va complicar perquè ella, de cop i volta i sense cap motiu, va començar a cridar i a pegar-li. Es va descontrolar. Va ser molt desagradable. No, segons ell, no va arribar a res. La va deixar córrer per histèrica i es va mosquejar, és clar. Li va llançar la roba a la cara i li va dir que fotés el camp. I no la va veure més. Això va ser el cap de setmana anterior a la seva desaparició. El dissabte dinou de març, per Sant Josep. Feia quatre mesos que sortien i, segons el Martí Borràs, no hi havia hagut contacte sexual complet. Feia tres mesos també que s'havia distanciat de la seva amiga Eva. Pel que vaig poder escatir, va ser a causa del noi. Però no vull barrejar informacions. Érem a la nit de dissabte. Segons el Martí Borràs, la Bàrbara va anar-se'n cap als volts de la una de la matinada. Ja a la porta, feta un devessall de plors, li va confessar que era verge i que no s'atrevia a jugar-se-la. En aquells moments encara no havia lliurat les notes als pares i els havia mentit dient que el cap de setmana estaria fent un curs de monitora. La Núria Solís li havia donat permís, tot sospitant que no era cert. Ningú no sap on va passar la resta de la nit. El fet és que va aparèixer a casa seva diumenge al matí amb la roba esquinçada i bruta. La Núria Solís, aquest cop, no va poder amagar els fets al marit, que es va enfadar molt amb la Bàrbara i li va muntar un número. Aquest és l'episodi més fosc. La Bàrbara va explicar que li havien intentat robar la bossa, tot i que sonava a excusa molt poc versemblant. Què va passar en realitat la nit de dissabte? La roba donava a entendre clarament que hi va haver un intent de violació o, si més no, una actitud violenta per part d'algú. Els botons de la camisa estaven arrencats, igual que les calces que duia i que malgrat que les amagués i les llencés, la mare les va trobar al cubell de les escombraries, estripades. El Susqueda fa un xiulet conclusiu, com si pogués llegir tots aquests signes i arribés a la resposta miraculosa. El Lozano voldria ser tan optimista com ell, però aquest forat del dissabte a la nit és un dels moments boirosos que mai no va aclarir. Qui va atacar la Bàrbara?, es pregunta en veu alta. El Susqueda interromp. El testimoni del Borràs no s'aguanta, va ser ell. Aleshores el Lozano li presenta un paper. La declaració d'una veïna que va coincidir a l'ascensor amb la Bàrbara en sortir del pis del Martí a Barcelona a l'hora que ell deia, cap a la una de la matinada. La veïna, una tal Carolina Vergés, de cinquanta-vuit anys, vídua i resident des de feia trenta-dos anys al mateix bloc, treia el gos a passejar i se la va trobar plorant com una Magdalena dins l'ascensor. La va intentar consolar, però la Bàrbara no es va deixar. Duia la roba sense estrips i va marxar tota sola. El Susqueda calla, atuït. Certament, resulta desconcertant. El sotsinspector Lozano estossega i treu un altre paper d'entre un munt i l'ofereix al Toni Susqueda, que ara ja no pren notes ni interromp, només escolta. Dilluns va lliurar les notes a casa i es va organitzar un bon cacau, i dimarts va desaparèixer. El Lozano continua sense aturar-se. El que ens va sorprendre de les declaracions del Martí Borràs, d'una banda va ser la seva rotunda afirmació que la Bàrbara no havia mantingut relacions sexuals amb ell i de l'altra que mai no li havia posat la mà al damunt. O el Martí Borràs mentia o hi havia algun altre implicat. Qui havia provocat els cops i les ferides a la Bàrbara? Per què prenia anticonceptius? Perquè la Bàrbara Molina prenia anticonceptius, pel cap baix, des de feia tres mesos. Anticonceptius?, s'estranya el Susqueda. El Lozano s'alegra de l'interès del seu substitut. Sí, la Bàrbara prenia anticonceptius, Jasmine, per ser més exactes, els que despatxen habitualment a les farmàcies a noies sense recepta. Ho va confessar la mare davant l'estupor del pare en una sessió força desagradable. El matrimoni es va barallar davant meu. El pare hi era completament aliè i va acusar la seva dona d'amagar-li coses sobre la seva filla. La Núria Solís, aleshores, es va posar a plorar dient que no volia crear cap problema familiar i que ella va guardar-li el secret de dona a dona. Una dona?, va esclatar el pare. Una dona eixelebrada de quinze anys? A quina edat et penses que es fan adultes les noies? Tu potser encara no ho ets ni a hores d'ara. Li vas comprar pornografia també, perquè n'aprengués? Van ser unes acusacions tan desagradables i fora de lloc que els vaig pregar que ajornéssim la sessió fins que es tranquil·litzessin. Van marxar avergonyits i vaig imaginar-me la seva discussió a casa. Vaig intuir que la parella acabaria separant-se. Tot plegat era massa gros perquè l'estabilitat resistís els embats de la desconfiança. La mare es dolia del rebuig de la filla. El pare no acceptava que fos una dona. Difícil equació per mantenir-se units en la desgràcia.

Però em vaig equivocar, com en tantes coses. Quan tot semblava clar i diàfan i tot apuntava en la direcció del Martí Borràs, ens vam embarrancar. No anàvem ni endavant ni endarrere. El Martí Borràs no es contradeia, no s'ensorrava, els acaraments eren inútils i no sortien noves pistes. Sospitàvem que tal vegada la família havia destruït alguna prova, algun indici, però tampoc no podíem demostrar-ho. I aleshores, com més desanimats estàvem, va aparèixer un altre sospitós que fins aleshores s'havia mantingut a l'ombra. El Jesús López. El professor, oi?, intervé el Susqueda. A mi sempre em va semblar un *gilipolles*.

El Lozano omple el got d'aigua un altre cop per començar amb el Jesús López, però en aquell precís moment els interromp la Dolors. No el mira a ell, mira cap al Susqueda. T'espera el cap, vol parlar amb tu. El Lozano es regira, incòmode. La Dolors ja no el té en compte. L'inspector Domènech ja demana directament pel Susqueda i ell ja no compta.

El flamant futur sotsinspector Susqueda abandona el despatx cofoi de ser cridat per l'inspector en cap.

El Lozano es queda sol, es mira el rellotge i torna a burxar-se les dents amb l'escuradents mentre contempla la fotografia riallera de la Bàrbara i es pregunta quan i com es va equivocar. El cap, però, no li para de treballar i aquest cop en direccions insospitades. Malgrat que li requi, ha d'admetre que la sang jove oxigena els casos rovellats. El Susqueda li ha donat una bona lliçó. Ha de pensar de manera diferent. Cal enfocar de nou i repetir la fotografia des d'altres angles, sortir de l'espiral angoixant en què ha quedat atrapat al llarg d'aquests quatre anys.

8. Bàrbara Molina

He sentit un soroll. N'estic segura. Conec perfectament els sorolls que em fan companyia des de fa quatre anys. Les rodes del cotxe que aixafaven la grava del jardí, el cop de porta de la casa, les fustes del terra en ser trepitjades, les canonades que es recargolaven, com uns budells. Poques excepcions, poca companyia. Una abella que es va colar per la porta, una aranya silenciosa que teixia pacientment la seva teranyina al sostre i la rata. D'això fa temps, va entrar probablement pel desguàs, quan ell m'estava construint un vàter. Aquella nit, mentre dormia, em va despertar un soroll insolent de bèstia descurada campant al seu aire, el soroll d'algú a qui se li'n fum que els altres el sentin. Em vaig tapar el cap amb la manta i vaig escoltar, garratibada, provant d'imaginar-me quina cosa hi havia al meu costat, en la foscor. Vaig distingir el nyec-nyec persistent d'unes dents que rosegaven la fusta i després la respiració intermitent d'un musell que ensumava i el soroll d'unes potes remenant el menjar. Estava paralitzada i no gosava moure'm ni un mil·límetre. Rumiava, què faig? Què faig? Fins que una trencadissa de plats i gots em va fer reaccionar. Tot seguit, vaig sentir clarament la fregadissa d'un cos que s'arrossegava per terra i les petjades esmunyedisses d'unes potes curtes que s'aturaven uns instants per continuar avançant cap a mi. Llavors no vaig poder més. Em vaig incorporar d'un bot, vaig encendre el llum a les palpentes i me la vaig trobar allà, al costat del matalàs, a només dos pams del meu nas. Era una rata de claveguera negra, grossa com un conill, que en comptes de fugir es va quedar fitant-me immòbil. Jo i la rata, totes dues cara a cara. No em va fer fàstic. Era fastigosa, però no em va fer fàstic. Em va semblar perillosa i prou. Se'm van eriçar els pèls dels braços i de les cames i vaig sentir odi. Un odi primitiu, tribal, antic. Odiava aquell animal desagradable que havia envaït el meu territori. Em vaig posar dreta per demostrar-li que jo era molt més alta que ella i vaig calcular d'un cop d'ull la distància que em separava de l'escombra. Però quedava massa lluny i la rata em barrava el pas. Aleshores, d'un salt, vaig agafar una cadira pel respatller i la vaig amenaçar amb les quatre potes. Jo enfrontant-me a una rata com un domador de circ, increïble. Quan ho penso se'm regira tot i no m'explico d'on vaig treure el coratge. La rata no va recular ni un mil·límetre, en comptes d'això va fer un xiscle, com un conill abans de morir, i jo em vaig abraonar al seu damunt cridant: «Fora d'aquí, mala bèstia!». Ja no la veia com una rata, ja no em passava pel cap que les rates mossegaven i transmetien malalties, ni que eren éssers repugnants que em feien pànic. Era una enemiga i jo em defensava. I tot sigui dit, va ser una enemiga heroica, a la meva alçada. En aquells moments, després de gairebé vuit mesos de reclusió, jo estava totalment embogida i la rata la va pagar cara. No sabia on es ficava. La vaig empresonar contra la paret amb una mala llet insospitada, vaig agafar l'escombra i, cega de ràbia, la vaig fer pols. No sé ni com ni quan la rata es va donar per vençuda. Potser li vaig encertar el cop mortal a la primera. El cas és que no em feia por res, tant se me'n donava, que em mossegués o no. No em preservava i la ràbia em feia forta, imbatible. No vaig parar ni tan sols quan em vaig adonar que estava rebentada. Vaig continuar fotent-li cops d'escombra i cridant com els jugadors de tennis quan tornen la pilota. Cridava per esbravar-me i a cada crit, a cada cop, em sentia més i més alliberada.

Vaig entendre com se sentia ell quan em pegava amb mala sang i m'insultava. Em veia com una rata. Talment com la rata que jo havia esclafat. Em vaig espantar. Si ell no sabia controlar-se, un dia acabaria per rebentar-me com havia fet jo amb la rata.

Tinc por, tinc molta por. Ara em torna la por i m'he amagat sota el llit, encongida, recordant el pànic que em feia sentir les seves passes, tement els seus atacs d'ira i els seus càstigs inhumans. Quan no em deixava menjar i tenia tremolins i mal de panxa, no sabia si de gana o d'angoixa. Però, aleshores, encara desitjava fugir fos com fos i no em donava per vençuda. Vaig provar d'escapar una vegada i una altra. Els ulls se me n'anaven darrere totes les escletxes i a la primera de canvi girava cua i començava a córrer, però ell m'enxampava sempre i em castigava, una vegada i una altra. Sense testimonis, sense límits, sense mesura. Amb tota la impunitat, com si jo fos la rata. S'aturava, però, abans de matar-me, quan jo ja no tenia forces per resistir-me. Aleshores es tornava afectuós. Li agradava disposar de la meva vida, com un déu fatxenda, perdonar-me-la i tornar-me-la de mica en mica. Administrar-me la salut, l'afecte i el menjar. I retirar-m'ho tot de cop, quan li rotava. De vegades decidia no parlar-me durant setmanes. Un bon dia no em dirigia la paraula i jo no sabia per què. Em trencava el cap pensant què havia fet, què podia haver-lo ofès i li ho preguntava, però ell em maltractava amb el seu silenci, molt més agressiu que els cops. Em tornava boja, li suplicava que em digués què havia fet malament, que em parlés, que cridés. Em vaig adonar que sense paraules els éssers humans ens convertim en bèsties i perdem el senderi. Era un càstig fora de mida. M'estimava més que em fes mal, el mal era immediat, rajava sang, em sortien blaus, em cruixien els ossos, però després ell em netejava les ferides amb alcohol, m'hi aplicava iode, m'embenava amb cura i em somreia. Un cop, fins i tot em va trencar un braç. Va ser sense voler. Me'l tenia ben agafat i jo em vaig regirar amb tanta força que el vaig sentir espetegar, com una canya de riu. Ell se'n va doldre sincerament. Te l'has trencat tu, ho has fet perquè em senti malament, oi? Ets dolenta, tu t'ho has buscat. I aleshores, l'endemà va arribar amb dues bosses, l'una plena de guix i l'altra amb unes cadenes. Després d'enguixar-me el braç matusserament em va dir: «Ja que no saps estar-te quieta t'hauré de lligar». Em va tenir lligada una eternitat. Potser un mes, potser dos. Se'm va llagar l'esquena perquè m'havia de pixar a sobre. Era una altra manera d'humiliar-me. Només em deixava aixecar-me per fer les meves necessitats en una galleda un cop al dia, o de vegades cada dos dies. Em deixava aigua al costat i un plat amb menjar. Dos cops el vaig tombar i els bocins de pollastre i arròs van caure a terra, massa lluny perquè els pogués agafar. I allà es van quedar, jo morint-me de gana i el menjar a terra, fora del meu abast, podrint-se davant dels meus nassos. Durant aquell temps, quan apareixia pel meu *zulo* gairebé ni em mirava, com si fos un gos encadenat. Treballava enfebrat tapant les escletxes per on de vegades s'escapaven els meus crits. Va recobrir les parets de suro i hi va encaixar una porta blindada. Jo m'ho mirava des del matalàs, triplement presonera, i m'adonava que mentre ell anava aixecant la barrera que em separava del món jo anava perdent l'esperança de tornar-hi. Finalment, em va deixar lliure. Crida, que ningú no et sentirà. Intenta sortir, no tens per on. No hi ha portes, ni finestres. Però tenia punys i peus i l'atacava cada cop que em posava la mà al damunt. Després plorava per pura desesperació i el plor em deixava relaxada, tranquil·la.

Ets com una bestiola, em deia. Un gos salvatge que mossega la mà de qui et dóna el menjar. Però encara tenia sang a les venes i maldava per veure el sol. En una d'aquelles baralles a vida o mort em va fer saltar una dent. Ara hi tinc un forat negre. El dia del meu divuitè aniversari vaig pujar a la casa, vaig entrar al bany, em vaig mirar al mirall i vaig tancar la boca de cop. Em feia angúnia. Semblava una disfressa de Halloween. Al lloc on hi havia hagut l'ullal hi havia un forat negre i prou.

Això va ser al començament, quan volia fugir.

Ara ja no puc tornar enlloc. Es pensen que sóc morta. La mare porta flors a la muntanya i les llença al vent el dia del meu aniversari, i els meus germans enlairen globus al cel amb el meu nom. Sé que sóc morta perquè va sortir publicada una esquela als diaris. Ell me la va refregar pels nassos. Llegeix, llegeix, ets morta, ben morta. I vaig llegir amb els ulls esbatanats aquella broma macabra.

Bàrbara Molina
Morta el 25 de març de 2005.
Dels seus pares i germans. Et recordarem sempre.

Tinc por. Molta por. Quan torni, sabrà que he parlat amb l'Eva i em matarà.

No és cap delicte matar un mort.

Sóc morta des de fa quatre anys.

9. Salvador Lozano

El sotsinspector Susqueda s'ha assegut al davant de l'antic sotsinspector Lozano. El seu càrrec ja és oficial. L'inspector Domènech l'acaba de rebre i li ha lliurat el nomenament, que serà efectiu a partir de les dotze de la nit. El Lozano s'adona que està distret, que a diferència de fa una estona ara ja no pensa gaire en el que ell li explica ni comparteix la seva desesperació ni la seva impotència davant d'un cas tan fosc. Ja no es mostra despert i generós i no li regalarà cap més intuïció de franc. El jove Susqueda està pendent del repte que té per endavant. Dels nous casos d'altres Bàrbares que malauradament aniran degotant un a un damunt la seva taula i que seran seus i ben seus. Per aquests casos sí que es cremarà les celles i tindrà insomni. Al cap i a la fi, la Bàrbara Molina és heretada, una antigalla caducada. Malgrat tot, el Toni Susqueda fingeix interès. Ens havíem quedat amb el Jesús López, li recorda al seu antecessor. Com si s'adrecés a un avi que repapiegés i a qui haguessin de fer-li recordatoris constants, interpreta el Lozano, empipat. O tal vegada és que el Lozano, tocat per la imminència de la seva jubilació, s'ha tornat massa susceptible.

El Jesús López sempre havia estat present a totes les declaracions, però havia quedat eclipsat pel Martí Borràs, deixa anar el Salvador Lozano com a justificació potser d'una investigació desenfocada. Era professor de Socials de l'Escola Llevant, on estudiava la Bàrbara. L'Escola Llevant, potser la coneixes, és aquella que hi ha al carrer Urgell, vora l'Escola Industrial. Una fundació concertada laica que imparteix fins al quart d'ESO. La Bàrbara hi anava des dels tres anys amb els mateixos companys. Era una escola familiar, d'una sola línia on alumnes i professors es coneixien de sempre. El Jesús López, en acabar la llicenciatura de Geografia i Història, havia fet substitucions en alguns centres de Secundària, s'havia presentat dos cops a oposicions i no les havia aprovat, i finalment havia estat contractat a l'Escola Llevant quan tenia vint-i-set anys, gràcies a les recomanacions del professor de Física, Manel Pons, un amic del seu pare. Feia doncs gairebé vuit anys que hi treballava. Ros, pigat i esprimatxat, aparentava deu anys menys dels que tenia. Conreava un estil d'activista de Greenpeace desfasat i militava com a intel·lectual de cinema, filosofia i art. Un professor jove, cordial i amigable per damunt de tot, que va casar perfectament amb l'estil familiar i intimista del centre perquè va propiciar la relació professor-alumne fora de les aules. S'enduia els estudiants al cinema, al teatre, als museus i de visites culturals. Viatjava cada any a Roma amb els alumnes de quart d'ESO i passava una setmana a Tarragona amb els de tercer d'ESO, el curs que feia la Bàrbara. Alguns divendres acabava les seves passejades culturals de la darrera exposició del MACBA en algun bar del Raval, voltat d'alumnes brillants i maques. Això, és clar, ho vam saber després. El març de 2005 el Jesús López era un professor reconegut, apreciat, casat des de feia tres anys amb la Laura Ventura, embarassada en aquells moments del fill que no havia nascut, i pare d'una nena de dos anys. Vivia a les Corts i anava a l'Escola Llevant amb bici cada matí.

El primer dit que el va apuntar va ser el de l'Eva, l'exíntima amiga de la Bàrbara. El segon, el del Martí Borràs, l'exnòvio de la Bàrbara, i el tercer i definitiu va ser el testimoni de la tutora de la Bàrbara, la Remei Comas, a qui vam anar a parar, un altre cop, seguint l'espiral.

L'Eva ens va posar sobre alerta en dir-nos, sorprenentment, que la seva disputa amb la Bàrbara no havia estat motivada pel Martí Borràs sinó pel Jesús López. Segons la declaració de l'Eva Carrasco, la Bàrbara, paraules textuals, li ensumava els pets, li reia els acudits i li feia l'onada. Era la preferida del cercle d'alumnes que l'envoltaven, n'estava secretament enamorada i ballava al so de la flauta que ell tocava. Li constava que es veien sovint, que xerraven molt i que quedaven a soles. I tot seguit, va vomitar un munt d'acusacions genèriques, fonamentades o no, contra el Jesús López i el seu comportament sospitós amb les alumnes de l'Escola Llevant que ens va obligar a replantejar-nos-ho tot des del començament.

Ja saps l'escàndol que va sortir a la premsa. El Lozano treu un full de *La Vanguardia* i un altre d'*El País* que ja groguegen. «Professor acusat de pederàstia, possible involucrat en el cas de la Bàrbara». Pren aire.

«El pare de la jove desapareguda agredeix el professor imputat en el cas». Repassa altres retalls i en tria un d'*El Periódico*. «Escàndol a les aules».

Va ser sonat. Molt sonat. Va ser com un dipòsit de gas que hagués romàs soterrat i de cop, a causa d'una fuita, esclatés sobtadament als nostres nassos. El Martí Borràs, en declaracions anteriors, deia que la Bàrbara sempre el tenia a la boca, que en parlava sovint, del Jesús López, i que tenia una gran influència sobre ella. Tot i que no estava al cas, però, de possibles cites ni de trobades secretes. El Borràs no formava part del cercle escolar. Van ser els companys de classe els qui van encendre la metxa. Després de la declaració de l'Eva, tots van acusar-lo. De sobte va sortir a la llum el que tots sabien i ningú no deia, que el Jesús López mantenia relacions extraescolars amb alumnes menors d'edat. Ho havia fet des de sempre, des del primer moment que va posar els peus a l'escola. Feia set anys que sortia amb grupets d'alumnes, colletes de nenes bufones que oscil·laven entre els catorze i els setze anys. Sortides innocents, envernissades de pretensions culturals. Un Pigmalió amatent que afalagava el seu intel·lecte i de tant en tant es permetia bromes i petites intimitats robades com per casualitat. Una mà amable a la cuixa, una abraçada massa afectuosa, una pessigada simpàtica a la natja, un missatge al mòbil, una confessió íntima i pujada de to, un cafè a altes hores de la nit, una passejada a soles. Van anar sortint i sortint les confessions a batzegades. Les noies ploraven i negaven qualsevol malvolença. Era el seu heroi, el seu líder i les havia triat entre moltes altres. No eren conscients de ser les més boniques. Creien, certament, que eren les més llestes. Va ser més fàcil l'interrogatori de les exalumnes. La distància els havia permès radiografiar el comportament pueril del Jesús amb fredor. Un imbècil. Un Peter Pan. Un desgraciat. Un immadur. Opinions contundents, certes i esfereïdores. Malgrat tot, cap d'elles el va acusar d'abusos. Fregava la indecència, però no la traspassava mai. Evidentment havíem descobert la punta de l'iceberg que surava, enorme, a la deriva, però a mi només m'interessava la Bàrbara.

La confessió voluntària de la Remei Comas, en adonar-se de la gravetat dels fets, va ser determinant. Un altre cop ens vam asseure cara a cara. Era una dona morena i atlètica, sense maquillatge ni joies, vestida amb elegància de dona madura. Divorciada des de feia una vintena d'anys, havia pujat tres fills tota sola. No tenia pèls a la llengua i va ser dura. Si s'hagués decidit a parlar un mes abans, ens hauríem estalviat un meandre inútil. La Remei Comas em va demanar permís per fumar davant meu i vaig fer-ne una excepció. Vam anar a una cafeteria i, davant de dos tallats, em va explicar que era fumadora intermitent i que aviat ho deixaria un altre cop. Va encendre la cigarreta amb estil, va fer una pipada llarga i va treure el fum mentre parlava en un to agre. Recordo perfectament la nostra conversa fil per randa.

No m'havia agradat mai, a mi, aquesta relació del Jesús amb les alumnes, em va dir. Els professors feien broma, però jo no. Durant els darrers quatre anys he estat tutora de tercer i he hagut d'apagar molts focs. El Jesús les enlluernava, les educava en les exquisideses decadents dels intel·lectuals esnobs i els feia creure que entraven per la porta gran en el món de la cultura i les arts. Certament, els presentava Visconti, Sert o Picasso, però jugava amb els seus sentiments. Li agradava que l'admiressin, una satisfacció onanista, infantil, però li importava un rave si els trencava el cor. I és molt fàcil trencar el cor d'una noieta de quinze anys. No sé si ho sap, em deia amb la cigarreta a la boca, que s'enamoren fàcilment, que són impressionables, fràgils i que, malgrat els seus cossos de dona, veuen el món amb ulls de nena. Són crèdules, tràgiques i maximalistes. El seu ego oscil·la com el pèndol de Foucault. Un dia es creuen déu i l'endemà volen suïcidar-se. Parlava amb ressentiment. Potser contra ella mateixa per no haver gosat dir públicament el que m'estava dient en aquells moments. El Jesús triava i remenava al seu gust, tenia la seva cort de concubines i cada any coronava la seva favorita. De vegades el seu regnat era llarg, d'altres era efímer, depenia de com bufés el vent. Això sí, mai no es picava els dits, mai no es passava de la ratlla. Potser per això tots consentíem, el deixàvem que anés fent. Les sortides extraescolars d'aquesta mena donaven pedigrí. Ningú no està disposat, en ple segle XXI, a filosofar sobre el modernisme català amb els alumnes un dissabte a la nit. No era perillós, dèiem per justificar-lo, era com un nen entremaliat que feia la viu-viu i els obria els ulls al món. L'escultura grega, els romàntics alemanys, la pintura cubista, el cinema neorealista. Fins on jo sé no hi va haver cap denúncia, va afegir-hi. Va fer una pipada llarga i em va mirar amb una expressió de culpa.

Hauria hagut d'explicar-li molt abans el que li explicaré ara, va reconèixer, però vaig tenir por d'obrir la capsa dels trons. Una nit, a l'escola, d'això en deu fer un mes, vaig sorprendre el Jesús López a soles amb la Bàrbara Molina al seminari de Socials. Va callar uns segons. Ho sento, va disculpar-se. Sé que ara esclatarà l'escàndol i que de rebot potser fins i tot jo en surti perjudicada. No es pot imaginar el poc que triga a esquitxar-se el bon nom d'una escola. Un rumor és com una taca de *chapapote*. Jo l'escoltava amb tots cinc sentits. Era la dada més inquietant que havia sentit en el darrer mes. La Remei Comas va agafar aire i va continuar la seva confessió. Eren les deu de la nit, a l'escola no hi quedava ni el personal de neteja i jo m'havia oblidat els exàmens que havia de corregir durant el cap de setmana. No sé si sap que la part més desagraïda de la feina de professor és la correcció. Així doncs, vaig agafar les claus que només tenim els qui formem part de l'equip directiu i vaig dirigir-me cap a l'escola. Tant m'era que fos un divendres rúfol. Ja hi estava acostumada. De vegades m'avisen perquè salta l'alarma a mitjanit i he de llevar-me a corre-cuita i anar cap allà. Sóc la qui hi viu més a prop, només a dues illes. Aquest cop, però, de seguida vaig adonar-me que hi havia algú. La porta no estava tancada amb dues voltes i l'alarma estava desconnectada. Vaig pujar amb cura i vaig sentir veus al segon pis, on hi ha els seminaris. Amb discreció, m'hi vaig anar acostant i vaig veure un rajolí de llum que sortia per sota la porta del seminari de Socials. Em vaig quedar escoltant una estona i vaig sentir uns gemecs. Algú plorava. Hi havia una noia plorant. Sense pensar-m'ho gens ni mica vaig obrir la porta i em vaig trobar el Jesús Lopez abraçant la Bàrbara Molina feta un devessall de llàgrimes. Es van tallar en sec. El plor i les veus. Tots dos se'm van quedar mirant amb els ulls esbatanats, agafats en falta, espantats. Tot i que no sé qui estava més espantada dels tres. Cregui'm, no és plat de bon gust enxampar un professor amb una alumna en una situació ambigua. Si he de ser franca, no hi vaig detectar res sospitós de ser considerat una trobada amorosa. Fora de les hores i el lloc on es trobaven, ni la roba, ni l'actitud, ni el gest amagaven o donaven a entendre que els hagués enxampat en una situació incòmoda. Era, però, injustificable. El Jesús López va reaccionar amb rapidesa i va voler aclarir els fets. La Bàrbara té problemes i ha passat a explicar-me'ls. No era acceptable, com pot comprendre, que un professor se cités a la nit amb una alumna menor d'edat, en un edifici completament buit. A més, el Jesús López no tenia o no hauria de tenir les claus de l'escola i, en teoria, desconeixia el codi de l'alarma. Em vaig desconcertar, però no vaig perdre la sang freda. Molt secament els vaig pregar que vinguessin amb mi per acompanyar la Bàrbara a casa seva. Vam caminar pel carrer un bon tros tots tres en silenci. La Bàrbara, al mig, no piulava, conscient que darrere seu esclataria una tempesta. La vam deixar al portal de casa seva i la vaig citar al meu despatx l'endemà. Tot seguit vaig anar a un bar amb el Jesús i allà, un cop sols, es va desfer en explicacions i disculpes. Estava perdut, angoixat, mai no l'havia vist tan vell, tan acabat. Li van caure al damunt els anys que dissimulava amb tanta coqueteria. Jo tenia molt clar que havia de fer saber l'incident a la direcció i el Jesús em va pregar que fes la vista grossa. Va enfonsar-se. Les llàgrimes li queien galtes avall, com una criatura, i fins i tot va utilitzar com a xantatge el fill que la seva dona estava esperant. Tot plegat havia estat culpa seva, em va dir, la Bàrbara volia parlar i ell havia de quedar-se fent una feina a l'escola fins tard. La noia vivia a prop, adduïa en la seva defensa, i la còpia de les claus me la vaig fer per si de cas. És el primer cop, jurava i rejurava. No me'l vaig creure, perquè algú que disposa d'una còpia de claus i que coneix el codi d'alarma és un professional. Quantes noies havia citat a l'escola abans de la Bàrbara?, em preguntava. Tenia el cap a punt d'explotar i me'n vaig anar cap a casa sense prometre-li res. Li vaig dir que havia de pensar-hi amb el cap fred. I tant que hi vaig pensar, no vaig aclucar l'ull en tota la nit. Em repetia una vegada i una altra que havia de parlar immediatament amb l'equip directiu malgrat que condemnés un company a l'expulsió, a la vergonya o al divorci. Però era un adult i feia massa temps que trepitjava la ratlla. Aquesta vegada l'havia traspassat. La responsabilitat, tanmateix, em pesava molt. Qui era jo, al cap i a la fi, per jutjar ningú? Per ser el desencadenant d'una tragèdia? L'endemà, la Bàrbara va venir al meu despatx tremolant, com un gosset esporuguit. Em vaig afanyar a tranquil·litzar-la i a procurar guanyar-me la seva confiança. I aquí la Remei Comas va callar. Però no la tenia ni l'he tingut mai. La Bàrbara no confiava en mi, per això no em va explicar mai res, ni tan sols quin era el problema que volia explicar-li al Jesús. Va estar-se plorant tota l'estona, suplicant-me que no digués res, repetint que no havia passat res entre el Jesús i ella, que simplement volia explicar-li un problema molt personal i que mai més no es repetiria. Prou que vaig esgargamellar-me per fer-li entendre que ella no en tenia cap culpa perquè era menor d'edat, però la Bàrbara insistia i insistia i finalment em va amenaçar amb una arma que tots els adolescents fan servir un cop o un altre i que és massa perillosa. El meu pare no em perdonarà mai, va assegurar, i jo abans que se n'assabenti em mataré. La Remei Comas va demanar-me per fumar una altra cigarreta i confesso que m'hi vaig afegir. Va restar en silenci, pensarosa entre el núvol de fum, avergonyida per haver pres, probablement, la decisió equivocada, i va rematar la seva confessió. Vaig callar amb la promesa que mai més s'acostés al Jesús López. Ho vaig fer per la Bàrbara, no per ell, va puntualitzar. Si he comès algun delicte callant fins ara assumiré la meva responsabilitat, ara sí, va finalitzar.

El Susqueda no ha dit res en tota l'estona. Ha anat visualitzant l'escena i gairebé ha sentit i vist la Remei Comas i ha patit el seu dilema. El Lozano està satisfet. S'adona que l'ha commogut, que l'ha fet compartir amb ell aquells moments tan delicats de la investigació, quan va creure que ja la tenien resolta. Quan va lligar caps i va atribuir al Jesús els maltractaments, els anticonceptius, el bloqueig sexual de la Bàrbara, les notes i la fugida. Tot quadrava. Una equació perfecta. El professor que s'havia sobrepassat, que havia reaccionat amb violència o amb agressivitat per por de ser descobert, que tenia la Bàrbara enlluernada i acoquinada, que qui sap si li havia promès coses que no podia complir, que constituïa un enemic poderós per al Martí Borràs. I el Lozano recorda la il·luminació sobtada en pensar que potser el Martí Borràs va ser només una escapatòria per a la Bàrbara, una porta oberta per la qual, finalment, no va poder passar.

Sempre vaig pensar que era un *gilipolles*, ratifica per segona vegada el Susqueda. Però un *gilipolles* no és un assassí, hi afegeix amb veu docta. I el Lozano es rebota interiorment contra la supèrbia del Susqueda. Com si tingués la veritat, com si fos tan senzill, com si la diferència entre un *gilipolles* i un assassí fos tan fàcil. I continua com si no hagués sentit el seu successor. La veritat és que l'escàndol va esclatar, efectivament, i els vaticinis del Jesús es van acomplir, la seva vida laboral i personal es va ensorrar, però enlloc va aparèixer cap prova que el vinculés amb la desaparició de la Bàrbara o pogués demostrar cap encontre sexual ni cap indici de violència cap a ella. Vam escorcollar el cotxe, la roba, els moviments de la targeta de crèdit, vam posar-li vigilància i vam punxar-li els telèfons infructuosament. Va negar-ho tot, una vegada i una altra. I sense testimonis ni cos va ser impossible continuar la instrucció del cas. La seva dona, malgrat l'odi visceral que va manifestar després cap al seu exmarit, sempre va declarar que el Jesús López va ser amb ella a Barcelona durant tots els dies de Setmana Santa. I per més que la policia s'hi va esforçar, ningú no va poder demostrar el contrari.

El sotsinspector Susqueda s'aixeca i mira el rellotge. Alguna cosa més?, fa com el qui està despatxant amb un subordinat. Té pressa. De sobte ha recordat una cita o té ganes de fumar. No se sap, però ja està fart d'escoltar i l'interès que tenia vers el Martí Borràs no el demostra cap al Jesús López. El Lozano, si bé se sent desil·lusionat, també tranquil·litza el seu ego. La seva intuïció era encertada. Al Susqueda li rellisca el cas Molina. Els joves no volen casos podrits. Ens veiem després, a la festa de comiat. I en sortir per la porta es permet una brometa: Ja ho sospitava, però aviso que mai no faré de professor. El Lozano es queda sol, davant del cas de la Bàrbara Molina. La Bàrbara jeu escampada damunt la seva taula. Hipòtesis, noms, un trencaclosques impossible que ha intentat fer encaixar milions de cops. De ben segur que el nom de l'homicida és en aquests papers, al costat del nom de la Bàrbara. També hi són els mòbils, les circumstàncies, els fets i el misteriós destí del cos de la noia. El que passa és que a força de mirar-s'ho i remirar-s'ho tot li balla i ja no és capaç de veure-ho. Li agradaria posar-se unes ulleres i ser capaç de llegir amb claredat les lletres borroses del cas. Del que està segur és que els cops del cos de la noia i l'assassinat van ser comesos per la mateixa mà. Potser sí que la jubilació pot donar llum verda a la Bàrbara. Potser sigui ell la variable que sobra de l'equació i un cop apartat del cas els altres ho vegin amb la clarividència que a ell li ha faltat.

I s'aixeca per anar a fer un tomb abans del sopar de comiat on li regalaran el rellotge de rigor i beuran a la seva salut.

Li queden sis hores, però seran les hores més llargues de la seva vida.

10. Eva Carrasco

L'Eva s'ha quedat tallada. Li ha obert la porta la Núria Solís vestida amb un pijama, amb les vores descosides i una bata pengim-penjam. Està despentinada, ullerosa i pàl·lida. En els darrers tres anys els cabells se li han esblanqueït gairebé del tot, encara que potser ni se n'ha adonat. Té l'aspecte d'una persona que no es mira al mirall, que no viu en aquest món. Sembla una malalta terminal. Eva!, crida trasmudada, obrint molt els ulls, com si no es pogués creure que fos ella. I amb tota la raó, perquè no l'ha visitat ni una sola vegada des de la famosa roda de premsa que va fer el Pep Molina per a Tele 5. Ho ha intentat més d'un cop, algun matí s'ha llevat dient avui aniré a veure la mare de la Bàrbara, però li ha fet pal i ha trobat qualsevol excusa per ajornar-ho. Una trucada d'una amiga, una pel·lícula acabada d'estrenar, un examen. I així un cop i un altre i un altre. I ja fa tres anys. Ara és una dona i la Núria Solís la mira i la repassa obsessivament. L'està estudiant amb el mateix interès amb què algú estudia la bola del món abans de fer un viatge o un manual d'instruccions abans d'engegar una rentadora. Allarga una mà i la toca. Li passa la mà pel braç, pel coll, per la galta. S'atura a la galta i la hi acarona lentament. Eva!, torna a dir commoguda i a punt d'esclatar a plorar. L'Eva, desconcertada, s'aferra a la carpeta i l'estreny contra el pit, per protegir-se. Tem la descàrrega d'emotivitat que la seva presència ha desencadenat en la mare de la Bàrbara i que esclatarà d'un moment a l'altre. Efectivament, la Núria Solís deixa caure els braços i els ulls se li neguen de llàgrimes. El seu cos es va empetitint, amb les espatlles caigudes, el cap cot i el pit sacsejat per un plor suau, profund. S'ha adonat que l'Eva ha crescut, s'ha arrodonit, ha madurat. Probablement ha capit d'un sol cop d'ull com podria ser la Bàrbara si fos viva, una estudiant universitària amb una carpeta plena d'apunts, una noia que es va fer reflexos rossos la setmana anterior, que ha quedat per sopar amb unes amigues al kebab del carrer Aribau, que anirà aquest cap de setmana a veure un documental al cinema Verdi amb un noi que estudia enginyeria industrial, que prepara unes vacances a les illes gregues amb la colla de l'esplai, que fa classes particulars als nanos de la farmàcia del carrer Diputació. L'Eva, destarotada, tanca la porta darrere seu i abraça la mare de la Bàrbara. No ploris, li murmura a cau d'orella. Una petició interessada perquè no pot sofrir veure que els altres ploren. La Bàrbara també sabia plorar. Quan s'enfadaven, la Bàrbara sempre acabava plorant. M'agrada, confessava, em quedo més tranquil·la. En canvi, a l'Eva li costa, per això no va plorar per la Bàrbara i li feia molta ràbia que altres noies de la classe, que ni tan sols la coneixien, fessin aquelles ploreres tan espectaculars. Semblava que la Bàrbara li importés un pebrot. Ets inhumana, tia, li va retreure el Bernat. I no era veritat. Patia més que la Carme, la Mireia i la Merche juntes, encara que elles fossin més cridaneres i teatrals i sortissin per la tele perquè als periodistes els agrada el morbo de les *teenagers* xopes de mocs i llàgrimes. I és clar que patia. Patia per la Bàrbara cada nit imaginant-se que moria de maneres horroroses. Ofegada, cremada, esbocinada. Li feia una especial repulsió tot allò que tingués a veure amb la sang. Ganivets, serres, punxons. El seu subconscient triava escenes *gore* que potser havia vist en documentals o llegit a la premsa. S'imaginava una agonia llarga i sobretot una mort cruel. Què es podia esperar d'algú que havia fet una carnisseria en una cabina de telèfon?

Malgrat tot, no va poder plorar mai, ni a soles ni davant les càmeres. Ara tampoc pot sumar-se al plor de la Núria Solís i, com que no es deixa dur per l'abaltiment, li toca consolar-la i ha de dir-li paraules amables a contracor, ha de fer-la seure, agafar-li la mà i acompanyar-la una estona en silenci mentre es va calmant de mica en mica.

Arriben els bessons de l'escola sense fer soroll, amb la motxilla a l'esquena i els ulls apagats. Han crescut molt; si els hagués trobat pel carrer no els hauria conegut. Ja tenen una nou, al coll esprimatxat, que se'ls mou amunt i avall en dir hola. Són idèntics i no sap qui és el Xavi i qui és el Guillem. No li donen conversa, només saluden i giren cua cap a la seva habitació. És per això perquè no els ha anat a veure mai, perquè són una família tètrica, com els Monster. La mare s'ha convertit en una ombra del que era. Abans era maca, jove, i sabia riure, tot i que pequés d'atabalada i depengués massa del seu marit. Ara no fa una passa sense ell, no té personalitat, és una dona indiferent i sense esma. Els germans no esvaloten gens, és com si no hi fossin. Han tancat la porta i els ha engolit el silenci. Són dos nois temorosos de crear problemes. La Núria Solís es va calmant. Ho sento, diu. El meu marit no hi és encara, de segur que li hauria agradat veure't i saludar-te. L'Eva assenteix mentre rumia. Així doncs, el pare de la Bàrbara no hi és. El Pep Molina és diferent. Sempre ho ha estat, era qui prenia les decisions, qui controlava la Bàrbara, qui donava un cop de puny damunt la taula quan calia. La Bàrbara l'adorava i el temia. Ara fingeix fortalesa, però en realitat és el qui està més afectat. Va ser el primer que va saber reaccionar, que la va buscar nit i dia, el que no va perdre l'esperança, el que va anar a xerrar amb ella fent el cor fort, amb un somriure a la cara i la voluntat dels qui no es donen per vençuts. Ell va preguntar-li per tots els detalls de la relació del Jesús i la Bàrbara, i l'Eva no se'n va estalviar ni un. Va deixar-li anar tot i ell va estar a l'alçada. Es va presentar a cal Jesús i el va estomacar. Li hauria agradat veure-ho. Com se'n va alegrar! Un paio tan pagat d'ell mateix, tan malparit, tan covard. Va ser la seva revenja. El pare de la Bàrbara va fer justícia i aquell dia, a més de respectar-lo, perquè era un home que es feia respectar, el va admirar. El Pep Molina va posar el Jesús al seu lloc, tot i que després la policia i els jutges no van saber fer la seva feina. Potser no ha servit de res, pensa. Però val més trencar-li la cara a un estúpid que no pas quedar-se en un sofà somicant.

I com és que has vingut a veure'ns?, pregunta de sobte la mare de la Bàrbara. L'Eva se sent fatal. Voldria dir-li que ha sentit la veu de la seva filla, però no gosa. I si és una falsa alarma? I si en realitat no era la Bàrbara? I si tot es complica i no poden trobar-la? La mataria, no es poden donar falses esperances a un moribund. Passava per aquí, camí de l'acadèmia d'anglès, i he pensat que tenia cinc minuts, menteix amb aplom. Fa una estona que ha decidit que no li dirà res a la Núria Solís. No seria capaç d'assimilar-ho, no podria pensar amb claredat, només ho espatllaria i prou. L'ha cagat i haurà de tornar-se'n amb el seu secret. La Núria Solís no és la persona que buscava. De fet, esperava trobar el pare de la Bàrbara, ell sí que li mereix confiança. I què estudies?, pregunta la Núria Solís sense ganes de saber-ho. És una pregunta de compromís. Periodisme, respon l'Eva amb un filet de veu i tement que torni a plorar. Periodisme era la carrera que volia estudiar la Bàrbara, sempre ho deien, que triarien la mateixa carrera i que després anirien a fer de reporteres internacionals. Jo Tòquio, i tu Nova York, decidia la Bàrbara. Ah sí? I per què no al revés? D'acord, tu a Tòquio i jo a Nova York. Millor per a mi, m'estalviaré d'aprendre japonès. La Bàrbara sempre la desconcertava. Mai no la va arribar a conèixer del tot. Quan eren molt amigues i creia que podia llegir-li els pensaments, s'adonava que la Bàrbara li barrava el pas de la seva intimitat. Li amagava coses, era el seu estil llunàtic. Tenia dies bons i dies dolents. Què et passa?, li preguntava de vegades coneixent la resposta hermètica de la Bàrbara per endavant. No res. Sabia, però, que mentia, perquè era una mentidera. Recorda el mal rotllo que li va donar amb el Martí Borràs. Va estar negant l'evidència més de dos mesos. On eres ahir a la tarda?, li va preguntar un dia que sabia que havien fet manetes al Guito davant d'una coca-cola esbravada. Vaig anar a comprar amb la meva mare, va mentir la Bàrbara. Ah sí? I què et vas comprar? Ei, tia, i a tu què t'importa? Quan la Bàrbara es posava agressiva i es tancava en banda, l'Eva plegava. Tal vegada no van ser mai amigues de debò. Tal vegada s'ho va imaginar i prou. A les amigues se'ls pot radiografiar el cor, l'ànima, i la Bàrbara era un expedient X. Sempre amb misteris.

I de sobte, s'obre la porta amb energia i de seguida se sent una veu potent que crida un «hola!» i que rebota contra les parets buides i tristes, una veu acompanyada d'unes passes segures, rítmiques, que avancen pel passadís. A l'Eva se li eixampla el cor. És el pare de la Bàrbara! És el Pep Molina, l'únic ésser viu de la casa. Ell es queda de pedra en trobar-la asseguda al sofà, al costat de la seva dona. Hola, Eva! Què hi fas, aquí?, pregunta directe. No gasta contemplacions i no s'enfonsa. L'Eva s'aixeca d'un salt. He passat un moment a veure-us. El Pep Molina s'acosta i li fa un petó. Està prim, però no xuclat com la dona, i no té cap cabell blanc. És atlètic i flexible. Sota el vestit impecable de llana mil ratlles s'endevina un cos proporcionat, harmoniós, ni massa alt ni massa baix. Com les escultures grecoromanes, com la Bàrbara. El *body* de la Bàrbara era de manual d'anatomia, reconeix amb enveja encara l'Eva. La Bàrbara tenia una trenta-vuit clavada sense un gram de greix i els mateixos cabells castanys i rinxolats que el seu pare. La resta, la fesomia dolça de la cara, el somriure i els ulls entremaliats eren de la seva mare. Núria, no li has demanat si volia prendre res? La dona s'atabala, s'aixeca de seguida, com si despertés bruscament d'una migdiada. Perdona, vols prendre alguna cosa?, li etziba. I l'Eva s'agafa a la possibilitat com un ferro roent. Un cafè, gràcies. La Núria Solís va cap a la cuina i el Pep Molina s'asseu al davant seu, inquisitiu, intel·ligent, intuïtiu. Em vols dir alguna cosa, oi? Endevina que és allà per algun motiu especial i tan bon punt la mare surt de la sala l'Eva inclina el cos endavant per fer-li la confidència sense que ho senti ningú més. Parla a corre-cuita, com tement que d'un moment a l'altre la mare torni a entrar i a preguntar-li si vol el cafè amb sucre o sense, i els enxampi. M'ha trucat la Bàrbara, deixa anar sense prolegòmens. Com dius? La sorpresa de l'home és incommensurable. La Bàrbara t'ha trucat?, repeteix balbucejant. Sí, és viva, l'he sentit, ha parlat amb mi. El pare s'agafa el cap amb les mans i tanca els ulls uns instants. Està atuït, no pot pair la informació i l'Eva té por que li agafi un infart. Ha empal·lidit, però no plora, de seguida recupera el color i la veu. Què t'ha dit? On és? I aquí l'Eva ha de reconèixer que no en sap gaire res. Ha estat una trucada molt curta, només ha cridat ajuda'm i m'ha dit que era la Bàrbara i és veritat, era ella, l'he reconegut. No sé on és ni on ha estat tot aquest temps. He intentat tornar a posar-me en comunicació amb ella trucant al mateix número, però no m'ha agafat el mòbil. El Pep Molina ha fet un moviment de cap involuntari. Un mòbil? T'ha trucat des d'un mòbil? Saps el número? L'Eva treu la seva agenda, on ha apuntat el número, i l'hi dicta. El pare de la Bàrbara està tan impacient i tan nerviós que no troba cap bolígraf, ni cap paper, i de sobte es gira. Arrenca el full i dóna-me'l!, ordena. Però l'Eva ja ha tret un boli seu i està acabant d'apuntar el número en un diari que hi havia damunt la taula. A l'home li tremolen les mans en estripar el paper. I dius que no t'ha contestat més? S'ha tallat, era com si no hi hagués bateria o cobertura, vés a saber. El Pep Molina s'aixeca, agafa el telèfon supletori i truca, espera uns segons i torna a penjar. A ell tampoc no li ha respost, pensa l'Eva. L'home respira fondo, està pensant. Li has dit res a la Núria?, pregunta de sobte. L'Eva nega amb el cap. No he pogut, està massa enfonsada, només de veure'm s'ha posat a plorar. El Pep Molina no es relaxa. Has fet bé, hem d'actuar amb el cap fred i la Núria ja no en sap. Es posa sobtadament seriós. Tens cap idea d'on pot ser, alguna cosa que se t'acudeixi, que ens pugui ajudar? I aquesta vegada l'Eva confessa el poc que sap. Un cop, poc després de la desaparició de la Bàrbara, vaig anar a una casa que té a Roses el Martí Borràs. Ell va dir que anava a buscar una cosa al celler i que l'esperés. Com que trigava massa vaig anar a buscar-lo i no vaig arribar a baixar. Però ell em va trobar obrint la porta i va reaccionar d'una manera molt agressiva, com si hi hagués alguna cosa amagada que no volia que jo descobrís. L'Eva tremola i abaixa els ulls. Ja està. Ja està dit. Ja ha confessat i s'ha pogut estalviar els detalls sobrers. No ha calgut especificar què hi feia allà, ni per què hi va anar.

El Pep Molina també calla i s'asseu. S'agafa el cap

amb les mans i el sacseja amunt i avall, com si no s'ho cregués. M'estàs dient que aquell desgraciat potser ha tingut la meva filla tancada quatre anys al celler de casa seva? No, no, rectifica l'Eva, espantada pel que acaba de suggerir. Jo només he dit que hi amagava alguna cosa, però res mes. És l'únic que se m'ha acudit. Però el Pep Molina es posa dret i no l'escolta. Ja me n'ocupo jo, em posaré en contacte amb la policia, tu ja te'n pots oblidar, diu resolut. Però et demano molta discreció, sobretot no ho comentis amb ningú, és molt perillós que aquesta informació surti d'aquí. Està en joc, i li tremola la veu, la vida de la Bàrbara. Ho has entès? L'Eva ho ha entès perfectament i és exactament el que esperava sentir. Per això hi ha anat. L'home l'ha alliberat de la seva responsabilitat, ja no té cap pes damunt les seves espatlles, ja no li pertoca prendre cap decisió. Ara tot seguirà el seu curs, tot anirà fent via i aviat ella podrà llegir als diaris la notícia de l'aparició de la Bàrbara. I aleshores podrà dormir tranquil·la a les nits sabent que la Bàrbara no ha desaparegut, que el seu desig pervers no s'ha acomplert i que no és culpable de res.

Fa un petó al Pep Molina en el moment que la Núria Solís entra a la sala amb una safata on duu el cafè i una tasseta. Te'n vas?, pregunta desolada. És que tinc molta pressa, es disculpa l'Eva. La Núria Solís es queda amb la safata a les mans, perduda, com una nena enganyada. Però si m'has demanat un cafè. El seu marit la interromp amb brusquedat. Ja ho has sentit, té pressa. La Núria Solís calla i no protesta més. A l'Eva li fa pena. Moltes gràcies per la visita, murmura amb els ulls brillants. I l'Eva li fa un petó lleuger a la galta, entendrida per la fragilitat de la dona, i se'n va amb la recança de no haver-li pogut donar una notícia que de ben segur que, si fos certa, li tornaria la vida. Aviat, aviat es revifarà i tornarà a somriure.

Ella, com la Bàrbara, també amaga secrets.

SEGONA PART

Escopiu a la closca dels cretins

11. Núria Solís

La Núria Solís s'ha atabalat. Dues visites que li recorden la Bàrbara en un mateix dia són massa emocions. L'aparició de l'Eva, especialment, l'ha deixat tocada. La coneix des del parvulari. L'ha vist créixer al costat de la Bàrbara. En obrir la porta i veure-la allà ha estat com recular en el túnel del temps i fer un salt cinc anys enrere, quan l'Eva encara pitjava el timbre de casa dia sí i dia també, es ficava com un llamp a l'habitació de la Bàrbara i al cap de poc esclataven les seves riallades. Que em pixo, que em pixo de riure, cridava l'Eva. Els preguntava si volien berenar, però se la treien de sobre. Les destorbava. No, gràcies! No volem res! Volien estar soles per xerrar, posar verds els profes i els companys, connectar-se al Messenger, penjar fotos a internet i somiar.

La Núria Solís no sap què fer amb la safata que té a les mans. No sap si prendre's el cafè ella o llençar-lo. Vols el cafè de l'Eva?, li pregunta al Pep, que s'ha anat a canviar de roba, a posar-se còmode com fa sempre que arriba a casa i substitueix el seu vestit impecable per uns texans i un jersei informal. El Pep s'ha afanyat més que no pas altres dies. Però què hi fas aquí al mig?

Deixa això a la cuina, li diu amb brusquedat en passar pel seu costat i posar-se a remenar calaixos com un boig. Està capficat amb alguna cosa. Sempre té temes per resoldre, és un home d'acció i la gent com ella, palplantada enmig del camí, li fa nosa. Pensa que potser anirà a veure el sotsinspector Lozano, per acomiadar-se'n. Va discretament cap a la cuina i no pregunta. Fa temps que ja no pregunta. El Pep entra i surt i fa i desfà mentre ella s'asseu al sofà, talment com els avis als parcs, i el contempla passar amunt i avall. Se sent molt cansada i incapaç de seguir-li el ritme. Ja no van de vacances, ja no surten els caps de setmana, ja no reben amics ni van a sopar a casa de ningú. Hauríem de vendre el mas del Montseny, diu el Pep de vegades. I té raó perquè està mort de fàstic i porta feina i diners de manteniment, però a ella li reca, és l'herència dels seus pares i l'Elisabet, en saber-ho, va posar el crit al cel. Ets boja? És l'únic que tens al teu nom! A més, hi ha el gos. Què farien amb un gos a casa? Tant és, no ho farà perquè tampoc no es veu amb cor de posar un anunci, d'ensenyar-lo, de regatejar amb uns possibles compradors. I ho arracona i es diu ja ho faré demà. Gairebé tots els dies resol l'imprescindible i la resta ho deixa per l'endemà. I l'endemà és cada cop més feixuc.

Me'n vaig, no m'esperis per sopar, l'avisa el Pep després d'haver intercanviat quatre paraules protocol·làries i transcendents amb els bessons. No ho fa gaire, però els nanos ho necessiten de tant en tant. Els ha recomanat que estudiïn força i que no es deixin trepitjar. Al Pep li fot que no siguin brillants com la Bàrbara, que es conformin a ser xavals de segona fila, tímids i invisibles. Però no ha tingut temps d'educar-los com hauria volgut. Adéu, li diu sense mirar-la gairebé i sense fer-se cap petó de comiat perquè ja no es besen. S'han distanciat. Potser ja ho estaven, però la desaparició de la Bàrbara va ser un terratrèmol i les escletxes van esdevenir abismes. Són molt lluny l'un de l'altre. De vegades es pregunta què li passa pel cap al seu marit quan la mira. Què hi veu? Per què continuen junts? Potser els manté units el record de la Bàrbara. És l'únic. Això i la rutina i la seva incapacitat per actuar. Voldria encendre una cigarreta, però sap que és una trampa. Com un glop de conyac. No l'ajudaran a conviure amb l'angoixa que li produeix aquest nom. Potser per això necessita el Pep, perquè pensi per ella i l'empenyi a anar fent. De vegades, però, quan s'enfada, tot trontolla. Ha après a aguantar els xàfecs amb els ulls abaixats. Abans gosava alçar-li la veu de tant en tant i discutia i li plantava cara i defensava el seu punt de vista sobre la vida i sobre els fills. El Pep pecava per excessiu. Era excessivament vehement, excessivament tremendista, excessivament taxatiu. Però a diferència d'ella tenia principis i creences que defensava i era coherent amb les seves idees. Creia en la família, en l'amor de la parella, en el valor de l'autoritat paterna, en els projectes comuns. Ella, en canvi, dubtava sobre tot i contínuament rectificava i anava endavant i endarrere, sense nord ni brúixola. Improvisava, com si la vida fos un experiment continu. A ella no li havien inculcat aquells principis estrictes amb els quals combregava el Pep. Ets un cap verd, li deia quan es van conèixer. I era veritat. Ella tenia el cap ple de pardals, era enamoradissa, tastaolletes i no parava quieta. Pujava muntanyes, viatjava amb la motxilla a l'esquena i l'InterRail a la butxaca, canviava de nòvio com de camisa, s'apuntava a cursos de fotografia o d'idiomes i era un cul de mal seure mancat d'equilibri i serenor. Sort del Pep. No sap què hauria estat del seu calvari sense el seu suport, sense la seva presència. I per això ha aguantat els retrets i el distanciament. Un altre l'hauria deixat. Un altre l'hauria engegat. És el que es temia sempre que ell la mirava amb aquella expressió severa que li deia, sense paraules, et vas equivocar, vas ser tu qui va empènyer la Bàrbara a fugir de casa, qui la va deixar perdre, qui no la va saber educar amb mà ferma. No es pot treure l'amargor de dins. Deixa-la que aprengui a equivocar-se, li deia ella. Hi ha errors que es paguen tota la vida, contestava el Pep. I aquesta paraula rebota dins del seu cap com una migranya persistent. Errors, errors, errors. Quants errors va cometre? Per què la va empènyer als braços del Martí Borràs? Per què li va donar ales? Per què no la va controlar? Per què no va preveure els perills que l'assetjaven? Per què? I es tortura intentant recordar quan va començar a espatllar-se tot, quin va ser el moment en què ella hauria d'haver confiat en el criteri del Pep i no en el seu. Potser quan la Bàrbara era una nena i va preferir el papa? Potser quan ella, tot i doldre's, no va fer res per guanyar-se-la? Potser quan es va apagar sobtadament l'estiu que tenia catorze anys? Potser quan ella va encaparrar-se perquè es revifés fos com fos? Deixa-la tranquil·la, li deia el Pep, ja li passarà. Ella s'estirava els cabells. Però no vol sortir de casa, no vol veure ningú. I què?, deia el Pep, no siguis impacient. Però va ser impacient i va demanar ajuda a l'Eva, la seva millor amiga, perquè l'engresqués a sortir com abans i va ser idea seva que s'apuntés a l'esplai i conegués gent nova. En definitiva, va ser ella qui la va incitar perquè es pentinés, s'enamorés i fruís del seu cos. I la Bàrbara va passar de l'abaltiment a la bogeria. Va perdre l'oremus per culpa d'aquell noi. De seguida va saber que s'havia penjat del Martí per la manera de mirar-se al mirall, de pintar-se els llavis, d'esperar una trucada, d'espiar per la finestra per veure si havia arribat i si l'esperava arrambat al portal de casa seva. I en comptes d'estar a l'aguait i dir-li que era massa jove, ella la va empènyer als seus braços i la va deixar pujar dalt la seva moto sense advertir-li que es podrien estimbar. Hauria d'haver-se adonat que el Martí era més gran, més exigent, més impacient, que gairebé no el coneixia, que no sabia res de la seva família, que potser era un noi violent que faria servir la força, que l'amor és cec i que de vegades mata. La Núria Solís no ho diu, però té la certesa que el Martí Borràs va matar la seva filla. Tot comença i acaba amb el Martí Borràs. No sent odi, només culpa. Ella i el Martí eren els únics que havien vist el seu cos nu. Un cos jove, ple de blaus i amb ferides als avantbraços. Hauria d'haver-ho dit al Pep, hauria d'haver posat la Bàrbara contra la paret amb més contundència, fer-la cantar, fer-li confessar que el Martí havia abusat d'ella contra la seva voluntat, que prenia anticonceptius per ell, que ella es deixava fer perquè n'estava massa penjada. Però va ser egoista i va defugir l'enfrontament. Hauria estat acceptar la derrota dels seus mètodes i la va vèncer l'orgull. Va fer la vista grossa i va escapolir-se de la ira del Pep, que va esclatar en descobrir que el seu tremendisme no era infundat. No va dir res a ningú i va creure que tot s'arreglaria perquè la vida no es podia ensenyar, cadascú havia d'aprendre a viure-la. Estava segura que amb el temps la Bàrbara posaria seny, maduraria, aprendria de l'experiència i es vacunaria per als patiments futurs. Però la Bàrbara es va quedar sense futur. Errors, errors, errors. I torna a aquest cul-de-sac on ha quedat atrapada sense remei. En el moment que es va adonar que la Bàrbara no era seva i que s'escapava del seu costat, que no acceptava les seves carícies i que amagava el cap sota el cobrellit dient, deixa'm mama, vés-te'n, no ho entendries. Va ser covarda per egoisme i arrossegarà per sempre més el remordiment per haver estat tolerant, que és i ha estat una manera bonica de rebatejar la inconsciència. Va ser irreflexiva i temerària i ho va pagar car. Després de la fugida i la desaparició de la filla es va ensorrar, incapaç d'aixecar cap, d'enfrontar-se amb el seu fracàs, de trobar forces per continuar creient en alguna cosa i aixecar els altres dos fills sense rancúnia. Malauradament, ells ja estaven marcats per l'absència de la Bàrbara. Hi ha una cosa que l'aterreix i que no ha confessat mai a ningú. No pot estimar els bessons amb la mateixa intensitat que ho va fer amb la Bàrbara. Li fa pànic patir i cada cop que els ulls se li'n van cap als nanos alguna cosa dins seu l'atura. Intenta dilucidar qui són, què pensen, si li amaguen tantes coses com li va amagar la Bàrbara. I accepta que ha esguerrat la seva vida fent malbé una família, la que havia somiat aixecar, mantenir i encoratjar malgrat les dificultats.

De vegades, l'Elisabet intenta treure-la del seu ensopiment i li mostra fotografies de quan eren nenes, de quan eren joves. Li diu que abans havia estat animosa, que ella l'admirava perquè era valenta i podia amb tot. Li recorda quan pujava el Matagalls amb la Bàrbara a l'esquena, dins de la motxilleta, o quan esquiava amb la Bàrbara entre les cames a Font-romeu, o quan la ficava dins del cotxe i se n'anaven de càmping cap a la Bretanya, a l'aventura, sense por de res. No ho sap ara, ni li interessa, qui era aquella noia riallera que va enamorar el Pep a l'hospital, quan ell hi va ingressar per una llaga d'estómac i ella el va animar dient que no era res. Potser sí que era massa entusiasta. Però va haver d'aprendre a ser realista i va deixar la carrera de medicina. Era impossible treballar, acabar els estudis i criar un nadó, i ella, tossuda com una mula, no ho volia veure. En néixer la Bàrbara, un accident meravellós, només li quedava un any de medicina i va creure que ella podria tirar endavant, però no estava disposada a renunciar a res. El Pep li va fer veure la seva actitud pueril. A ell també li hauria agradat estudiar econòmiques, però va haver d'agafar una feina pràctica i ben pagada i assumir les seves responsabilitats. La Núria es recrimina sovint el seu egoisme, allò que mai ningú no li havia retret fins que va conèixer el Pep. De vegades oblidava fins i tot que tenia parella. Buscava el seu propi benefici, la seva satisfacció. Volia anar al cinema, sortir amb les amigues, fer les mateixes coses que feia abans. El Pep li va ensenyar a estimar. A posposar el jo darrere el tu, a obrir tots els racons amagats, a compartir els secrets, per molt dolorosos que fossin, a acceptar les misèries i a reprimir els impulsos fatídics que l'empenyien lluny i li feien oblidar les seves obligacions envers els altres. Potser va perdre amistats i família pel camí. Potser es va despenjar del món i es va quedar sola. Però tenia el Pep.

I ara, que ja no té impulsos, desitjos ni secrets, detecta la decepció en els ulls d'ell. Fa ja molts anys que no fan l'amor i ho prefereix així. Dormen separats, parlen el mínim. Tanmateix, ell no ha fet la maleta ni l'ha deixat. I li està agraïda. Conviuen sota el mateix sostre i fan el paperot. Comparteixen una mentida pietosa. No queda res de la seva parella, s'ha fet miques, com l'esperança de trobar la Bàrbara, com la flama de la il·lusió que mai no s'havia apagat del tot fins que la Bàrbara es va esfumar.

I tot i això, reconeix que de vegades ell és amable i la mira compassivament. Ja no inspira amor, només compassió.

12. Bàrbara Molina

Estic espantada, ho he fet malament, sempre ho faig tot malament. No hauria d'haver trucat a l'Eva. De segur que encara m'odia, que no m'ha perdonat, potser em maleeix cada nit i s'alegra que hagi desaparegut. Vaig ser una porca, érem amigues i la vaig enganyar. Vaig robar-li el Martí i ni tan sols li vaig dir, ei, tia, ho sento. Ell té raó, sempre té raó. Em diu que li he esguerrat la vida. Faci el que faci, ho faig malament. No puc treure'm de sobre la brutícia, no puc, encara que em refregui el cos amb un guant de pita fins a fer-me sang no se me'n va. Quan s'emprenya, em diu que una persona com jo mereix morir i de fet això és el que tothom creu. Sóc morta i no hauria d'haver intentat posar-me en contacte amb els vius. Aquí és el lloc on em correspon ser, dins d'un cau enmig de la foscor, com un animal. De vegades em reconforta que creguin que sóc morta, la mort m'ha redimit i m'he convertit en un record amable, en una fotografia riallera d'una noia jove a qui tothom perdona. No saben que sóc dolenta, o se n'han oblidat. Millor. Ell és l'únic a qui no puc enganyar. Si sortís d'aquí dins, tothom s'esgarrifaria del meu aspecte de dona. I a una dona ja no se li perdonen les coses que fa una nena. Ell no para de repetir-m'ho nit i dia. No sé com, però porto la dolenteria a la sang. Ell també va ser un caprici meu, vaig ser jo qui el va buscar, qui el va incitar, qui el va seduir. Jo li vaig fer malbé la vida. El meu egoisme no té límit, sempre he desitjat el que no era meu i he estat ambiciosa i mesquina. He volgut la nota més alta, la joguina dels veïns, el nòvio de la meva amiga, i ho he aconseguit amb males arts. Sóc una bruixa. Segurament, aquesta va ser la raó que em va empènyer a encapritxar-me del Martí Borràs. Per fer-li mal a l'Eva, per demostrar-li que jo era millor que ella. O potser no controlava. De vegades em penso que sé per què faig les coses i d'altres m'adono que ni jo mateixa en sé el perquè. Sóc boja?

Jo ja estava avisada que l'Eva estava colada pel Martí Borràs. Ho sabia des de feia mesos i me'l sabia de memòria de tant sentir-la parlar, però no l'havia vist mai en persona. Era el seu monitor de l'esplai, sis anys més gran, un paio que punxava en una disco a les nits, que tenia moto, que havia estat a Nova York i a Tòquio, les ciutats que nosaltres somiàvem visitar algun dia, i que s'assemblava al Brad Pitt. Lligava molt en altres ambients, però a la parròquia es feia el bon noi. Els seus pares l'havien obligat a fer de monitor per no sé quina història amb drogues. Una mena de treball social estúpid, potser aconsellats per algun psicòleg purità. Al Martí li importaven un rave els nanos i les excursions i suava de cantar cançonetes i fer jocs de nit. Sempre que podia s'escaquejava. Fumia unes boles com pianos i a mitjanit, quan estaven acampats, agafava la moto per anar de festa i tornava de matinada, fent unes ulleres que li arribaven als peus. Els altres monitors estaven una mica mosques, però no deien res. I els seus pares creien que havia passat el cap de setmana a la muntanya, respirant aire fresc, i que era tan bon noi. Això és el que em va explicar l'Eva. I crec que abans de conèixer-lo ja estava predisposada a penjar-me'n jo també. Era un mentider com jo, era un trampós com jo, era un paio que procurava sortir-se amb la seva i que no ho aconseguia, com jo. Érem ànimes bessones. No sé si ho vaig pensar, però tenia debilitat pel personatge. Un canalla.

Va ser un amor a primera vista. Ens vam mirar i ens vam agradar. No sé si l'Eva ja li havia parlat de mi o no. Només sé que em va picar l'ullet i jo li vaig contestar. Immediatament, em va repassar de dalt a baix amb un somriure que em va descol·locar. En aquells moments, em vaig sentir nua i vaig tenir ganes de besar-lo. Va ser molt fort i vaig dissimular per a no llançar-me als seus braços. L'Eva no es va adonar de res. Pitjor, es va pensar que tenia vergonya i va intentar que ens féssim amics. L'Eva era massa bona tia i una mica bleda per a aquestes coses. A més, era tan estúpida que no sabia treure's partit. Tenia unes tetes com melons i, en comptes d'ensenyar-les, les amagava. Li feia vergonya, deia. Havíem estat molt unides fins aquell estiu, abans que passés allò i que es posicionés en contra meu quan vaig intentar fer-la còmplice del meu problema. Abans d'escoltar-me a mi, s'havia aliat amb els meus pares i ja li havien menjat el coco. Per això no li vaig explicar mai més res. No pagava la pena. No m'hauria cregut i tampoc no podia ajudar-me. Ella s'adonava que jo li amagava coses, però no em va burxar. Van ser ella i la meva mare les qui em van convèncer per anar a l'esplai i orejar-me. Havia d'espolsar-me la tristesa del damunt i sortir de casa, van dir, i em vaig deixar estimar. Però en el mateix instant que el Martí Borràs em va mirar vaig entendre que no podríem continuar sent amigues. O el Martí o l'Eva, em vaig plantejar. I vaig triar el Martí. A l'Eva ja no la tenia, era amiga del pare i la mare, però no meva. O potser no ho vaig pensar i simplement vaig fer el que em demanava el cos. Les complicacions van venir després.

Aquella mateixa nit, en sortir de la parròquia, el vaig veure que s'entretenia traient el cadenat de la moto i mirant-me d'esquitllentes. Vaig mentir a l'Eva tot dient-li que m'havia deixat el mòbil a dins i, en sortir uns minuts després amb el cor a cent, el Martí, amb el casc posat, encara no havia engegat la moto. Estava claríssim que m'estava esperant. Vols que et porti a algun lloc?, va dir com un professional. I jo vaig fer que sí, que gràcies, que no vivia gaire lluny, però que em feia il·lusió pujar-hi. M'hi vaig agafar molt fort i en rodejar-lo amb els braços, vaig sentir un pessigolleig a les cames que em va fer estremir. Abans de fer-nos el primer petó ens vam estar enrotllant al Messenger i enviant-nos SMS. Al cap de dos mesos teníem cites d'amagat de l'Eva i de tothom. A mi també em convenia que a casa no se n'assabentessin. Inventava excuses, exàmens, treballs i sortides. I finalment va passar l'inevitable, em vaig discutir amb l'Eva. Estava gelosa, dolguda, i em va acusar d'haver-la enganyat i mentit. Tenia tota la raó i em vaig quedar sola, sense cap amiga, per primer cop a la vida i quan més necessitava la companyia. Només tenia un noviet i m'hi vaig arrapar com si m'hi anés la vida. Volia fer bogeries amb el Martí i oblidar tot el que m'havia passat. Em deia que no havia estat res, que havia estat un mal pas i prou, una cosa que no es repetiria mai més, però de vegades, en pensar-hi, se m'enterbolia la vista i em volia morir. No em podia concentrar en els estudis, em sentia bruta, enyorava l'Eva i creia ingènuament que enamorant-me del Martí podria fer net. O potser no ho pensava. Ho sentia i ho desitjava i prou. Em vestia per a ell i em pentinava per a ell, però una vegada que se'm va acostar silenciosament per l'esquena i em va fer un petó al coll vaig xisclar com una boja, com si m'hagués clavat un ganivet. Fins i tot jo mateixa em vaig espantar de la meva reacció perquè va ser instintiva. Vaig sentir pànic, com el primer cop que em va ficar les mans per sota les faldilles i les hi vaig treure violentament. El Martí estava empipat, és clar. No ets una noia fàcil, em deia, estàs carregada de punyetes i manies. I jo callava. A les nits somiava amb ell i el besava, però quan el tenia a prop i notava la seva mà damunt la meva pell i la seva respiració feixuga, excitada, sentia un calfred i m'encarcarava. Em quedava freda i inventava excuses per marxar corrents. Em va costar relaxar-me i acostumar-me al seu contacte, als seus llavis joguinejant damunt del meu coll, fent-me pessigolles mentre em xiuxiuejava coses boniques a l'orella. No vaig suportar mai que m'abracés per l'esquena, però de mica en mica vaig ser capaç d'avançar-me als seus petons i de sentir plaer amb les seves carícies. Reconec que n'estava enamorada. No hi tenia dret, però ho estava, o volia estar-ho. I quan vaig pensar que sí, que tot anava bé, que era una noia com qualsevol altra, va tornar a passar. I aquell cop va ser definitiu.

Va ser per Nadal, durant les festes, i em va agafar desprevinguda. Estava massa distreta amb el Martí i no vaig tenir cura. Estava gelós. Ho llegia als seus ulls. Em va acusar de fer-m'ho amb un desconegut, de ser una gossa en zel, de posar-li banyes. I em va pegar fins a deixar-me baldada amenaçant-me que ho explicaria tot. L'escola era un infern, a casa vivia en un infern, la relació amb el Martí es va convertir en un infern i l'Eva m'havia enviat a l'infern. No era capaç de sortir de l'infern. M'estava cremant i no vaig tenir altre remei que deixar-me engolir per les flames. No perdia l'esperança, però, de salvar-me de la mà del Martí o de fugir amb ell, molt lluny, dalt de la seva moto, amb el vent a la cara i sense cap destinació. Vaig intentar fer l'amor amb ell tres cops, i tres cops vaig fugir espantada, fins que la darrera vegada, el primer dia de vacances de Setmana Santa, vaig quedar amb ell a soles, a casa seva, i em vaig jurar que hi passaria tota la nit.

M'esperava amb un somriure i l'escenari a punt. Havia encès unes espelmes al voltant de la catifa, havia escampat uns coixins, com per casualitat, i hi sonava premonitòriament *Love is dead,* de Tokio Hotel. *We die when love is died. It's killing me. We lost a dream we never had.* Em va oferir un got amb una beguda de la seva invenció que, segons ell, era explosiva. Vaig beure sense preguntar i de seguida vaig notar un pessigolleig i una alegria encomanadissa que em feia sentir lleugera i ingràvida. De sobte vaig canviar la percepció dels objectes i els colors, i vaig sentir unes ganes boges de riure i de ballar. Les ones de la música s'escampaven per totes les cèl·lules del meu cos, flexible com una canya de bambú, però ell tenia les mans fredes, massa fredes mentre maldava per descordar-me la brusa i li vaig dir que parés, que no volia, que em deixés ballar una estona, però no va fer-me cas i va entestar-se a despullar-me, i jo vaig cridar perquè la gelor s'havia transformat en fàstic. Aleshores em va llançar a terra i se'm va posar al damunt, subjectant-me les cames i els braços amb violència, amb tot el pes de la seva força. Vam rodolar per terra en una baralla desigual, jo em resistia i mossegava i li pegava cops de peu, però m'adonava que ell tenia les de guanyar. Em vaig desesperar. Allò no era una història d'amor. I vaig esclatar a plorar. En sentir-me, ell es va quedar rígid i va ser com si despertés d'un malson. Es va posar dret, es va enretirar els cabells de la cara i em va dir que me n'anés. Sí, encara sento les seves paraules. Vés-te'n! Em va llençar la roba i la bossa de qualsevol manera i em va retreure amb ressentiment: Ets una escalfabraguetes. Ja a la porta, li vaig mentir dient-li que era verge.

Sóc dolenta i només m'estava aprofitant d'ell. Segurament no n'estava enamorada. Ell em diu que no sé el que és estar enamorat. Que la gent com jo no sabem estimar. Quan hi penso, m'adono que el Martí

Borràs va ser una de les equivocacions més grosses que vaig cometre.

Vaig voler saber què era l'amor i em va costar perdre la meva millor amiga.

13. Salvador Lozano

Les cames l'han portat fins al pis del Jesús López. No ha estat premeditat, però hi ha anat a parar per curiositat, perquè fa dies que no hi passa i voldria deixar l'expedient actualitzat al Susqueda. Una excusa de mal pagador. Entra al bar de la cantonada on el Jesús esmorza cada matí. El cambrer, amb camisa blanca i llacet negre de la vella escola, té el pecat de ser del Reial Madrid, però aquestes coses no compten per als policies, que han de deixar de banda les seves aficions personals. L'ha saludat i l'ha posat al dia. Li ha explicat que ara el Jesús López té una feineta i sembla més content. Fins i tot un vespre el va veure amb una noia. Una noia?, fa el Lozano ennuegant-se amb el cafè. Com era? Però la descripció el desinfla de seguida. Una bomba, una mulateta per sucar-hi pa. Van seure aquí, en aquesta taula, i reien ben arrambats mentre miraven llibres i fotografies de pintors d'aquests que estan torrats i que pinten les dones com si fossin gerros. Al Lozano se li regira l'estómac. Una altra, pensa. I agraeix al del bar la seva amabilitat. Un cop, fa anys, li va demanar amigablement que li fes cinc cèntims sobre el seu nebot Jesús. Va mentir dient que era un oncle seu, un familiar amoïnat pel noi que de tan sorrut no explicava res a la família i els feia patir per la seva salut, una mica feble, i el seu aïllament. No és veritat, però podria ser-ho. El López està xuclat, ullerós i calb, li han caigut els cabells a grapats. Fa angúnia veure'l per darrere, amb aquelles clapes que semblen tinya. Per això el paio del bar està sorprès que sigui capaç de fer riure una noieta tan exuberant. Però el Jesús López és un gat vell, també, i malgrat la seva calvície incipient sap com activar els ressorts de les adolescents insegures per guanyar-se-les. El Lozano s'aixeca, paga el cafè i surt al carrer fastiguejat per la revelació. I en el moment en què començava a plovisquejar i que ja havia desistit d'esperar més, veu passar el seu Citroën Picasso que s'enfila per Urgell cap al pàrquing. Efectivament, és el cotxe del Jesús López. S'espera sota una balconada, fent veure que mira l'aparador d'una botigueta de mobles de fusta blanca, i el veu sortir del pàrquing amb el gos. És un bòxer malcarat. No ha entès mai què hi troba la gent en aquests gossos amb aspecte de malparits. El Jesús López camina més dret que uns mesos enrere, però no vesteix gaire millor. Duu els texans estripats i la samarreta mal rentada. Encara conserva el *look* informal i alternatiu, però ara resulta un punt patètic. El Lozano el veu que fica la clau al pany i puja per les escales tronades cap al seu estudi, petit com un puny. Uns minuts després s'encén el llum de la sala, l'única habitació exterior, i el Lozano deixa de mirar cap amunt i se'n va a fer el recorregut habitual, cap al pàrquing. Afortunadament, no canvien gaire de personal, pensa mentre deixa un bitllet a la mà del xicot romanès, que ja el coneix. I tot seguit li pregunta si darrerament el Jesús López treu el cotxe gaire sovint i a quines hores. El noi li explica que ara ha agafat el costum de sortir cada matí amb el gos. Saps si van gaire lluny? El noi arronsa les espatlles. Triga tres o quatre hores, de vegades torna al vespre. Un cop li va dir que tenia el pare malalt, a Mollerussa, que era un home ja gran i que qualsevol dia la dinyaria. El Lozano li ho agraeix amb un copet a l'esquena i gira cua.

Ara comença a ploure i mentre pensa si torna al bar, atura un taxi o va al metro, li sona el mòbil i contesta discretament, amb veu rogallosa. És el Lledó, un xicot eficient que ja ha fet la feina d'escorcollar la casa del Martí Borràs que li ha encomanat. Bingo!, li diu. I el cor del Lozano s'atura uns instants. L'heu trobat? Està emmerdat fins al coll. Què vols dir? Coca, respon el Lledó. Coca per parar un tren, al celler. El Lozano es relaxa, ja ho sabia. Els gats vells ja saben que els paios com el Martí Borràs recorren als diners fàcils i acaben cagant-la. Sabia també que al celler no hi trobaria pas el cos de la Bàrbara Molina. Avisa els de la Unitat de Salut Pública, diu lacònicament. I pensa, un cop dit, que potser sigui la darrera ordre que dóna en la seva vida. I es dol d'aquest final tan brusc. Res més? I el Lozano anava a dir que no, que res més, però tot d'una se li encén un llum. Sí. Espera't. Per què no?, es pregunta. Per què no pot abusar una mica més dels seus subordinats? Investiga la salut del pare del Jesús López i interroga algú que hi pugui tenir informació sobre si el Jesús López ha visitat regularment la família de Mollerussa els darrers temps. Molt bé, *jefe,* contesta el Lledó. Però potser no podrem tenir l'informe fins demà. Localitza els de Lleida, són a quatre passes, a veure si ho poden resoldre ells, li suggereix. Ja, ho intentaré, però és tard. El Lozano sap que és veritat, que és tard, i no objecta res. Molt bé, doncs li passeu l'informe al Susqueda. D'acord? D'acord, *jefe*. Tan bon punt ha penjat li queda una paraula a la boca. Lleida. Lleida. I ell mateix s'adona del que acaba de dir. A quatre passes de Mollerussa. Està plovent i no li fa res. Està pensant i la pluja li aclareix les idees, li renta les idees preconcebudes. Mollerussa és a mitja hora de Lleida. Pren aire. Segons la declaració del Jesús López, va passar la Setmana Santa a Barcelona, al pis de les Corts, i la dona va declarar que el Jesús no s'havia mogut de casa. Però, i si havia anat a veure els seus pares a Mollerussa? I si van mentir? Tant és que no trobessin cabells de la noia, ni empremtes, ni res de res al seu cotxe. El Jesús López és un mentider professional que s'ha passat mitja vida dins l'armari. Se les sap totes. Podria haver-la embolicat amb una manta. En un cotxe on es viatja amb criatures sempre hi ha una manta, per si tenen fred. Una altra trucada al mòbil el destarota. Sí?, respon. Aquest cop és l'Isa, la telefonista. Perdoni, però ha sortit tan de pressa que no l'he vist. Ja sabem de qui és el número de telefon de la noia que ha demanat per vostè, mentre dinava. Correspon a una tal Eva Carrasco. L'hi dono? No, gràcies, ja el tinc, fa el Lozano, estranyat, mentre agafa aire.

Massa coses. Massa coses el darrer dia de feina. Deu ser una síndrome no explicitada. Es podria dir *tempus fugit*, per exemple. Ha viscut dins la foscor més absoluta durant quatre anys i ara, de sobte, s'obren escletxes de llum arreu. I mentre fa aquesta reflexió, en la llunyania, cap al Besòs, esclata un llamp que es retalla precís, exacte, com els que apareixen dibuixats a la mà de Zeus dels dibuixos de Walt Disney que mira el seu nét. El llamp cau prop de la Sagrada Família. Al cap d'uns segons se sent un tro que fa córrer i xisclar uns nens que surten de l'escola i que s'arreceren sota els balcons posant-se les motxilles al cap. I tot seguit comencen a caure unes gotes gruixudes i fredes.

Talment com si el cel i ell estiguessin conxorxats.

14. Eva Carrasco

L'Eva aplega l'estoig, el llibre i la llibreta, agafa la caçadora, s'aixeca i se'n va de la classe d'anglès amb una ganyota de disculpa adreçada al *teacher.* Fa mitja volta i surt. No podia estar-se asseguda ni un minut més. Era incapaç de concentrar-se en una cosa tan estúpida com el *should* i el *must.* La Bàrbara ocupa tots els seus pensaments. En posar els peus al carrer Villarroel, s'adona que plou, però tant li fa. Camina mullant-se i l'aigua li llisca pel front, per les galtes i li xopa els cabells. L'aigua li recorda la Bàrbara. No sabia estar sense aigua. Li calia llançar-se a una piscina, ficar-se sota la dutxa o nedar al mar. Tia, que et descoloriràs com el Michael Jackson. L'aigua em fa sentir neta. Passa un Nissan Patrol conduït per una *pija* de Pedralbes i l'esquitxa. Això ja no li fa gràcia i crida: Vigila!, però la rossa tenyida ni cas. Passa d'ella, com la Bàrbara. Per què es van barallar? Eren amigues? La història del Martí Borràs li va fer molt mal, però no va ser el motiu de la disputa. Les coses entre elles ja estaven espatllades. La Bàrbara no li tenia confiança, va deixar de ser la seva confident quan el Jesús López s'hi va interferir. A ell sí que li ho explicava tot i li plorava. Les amigues s'expliquen les coses i ella no li va explicar mai el que va passar aquell estiu. Va tornar de vacances canviada, no era la mateixa, no reia, no volia estar amb ella, no volia anar a la bolera, no li venia de gust escoltar U2 ni li demanava que li deixés la samarreta de Miami Ink. I ella vinga a preguntar-li què passava i la Bàrbara callada com una morta. Només va obrir la boca en un to amenaçant per advertir-li que fes el favor de no ficar el nas a la seva vida i de no tornar a parlar amb els seus pares de les seves coses d'amagat. Estava exaltada i furiosa. Són bona gent, repetia l'Eva amoïnada, els teus pares estan preocupats per tu i jo també. I era veritat, el Pep i la Núria, cadascun a la seva manera, patien per la Bàrbara i l'estimaven. Era natural que si ella era la seva amiga intentés resoldre els seus problemes i demanés ajuda als seus pares. Però la Bàrbara va aixecar la primera barrera entre totes dues.

El primer dia de curs, en comptes de sortir al passadís per riure de l'etiqueta de Zara que penjava de la camisa del Jesús López, va sortir de la classe arrambada al Jesús López i mirant-lo encisada als ulls. Se'n van anar xerrant, passant d'ella com de la merda. Parlaven del setge d'Alèsia, el rotllo per impressionar els nous que sempre deixava anar el Jesús López. Es ficava a la butxaca els pringats de tercer, que al·lucinaven amb la famosa història de la conquesta de la Gàl·lia i la genialitat de Juli Cèsar. Una fórmula infal·lible. Ei, què tens amb el Jesús? Ara et lligues els profes? Parlem d'història, tia. Sí, i ara em crec que t'interessa la República romana. Tinc inquietuds, tia, no com tu, que ets una súper. Ei, súpers!!! Sempre es defensava atacant la Bàrbara. No volia parlar del Jesús, no volia parlar de l'estiu i no era la mateixa. Què li passa a la Bàrbara?, li va preguntar l'Andreu, mosquejat perquè la Bàrbara li havia clavat un moc. Per què suposaven que ella ho sabia tot de la Bàrbara? Es pensaven que havia fet un màster en Bàrbara. I ella a tirar pilotes fora i a fer veure que sí, que li portava l'agenda, per semblar que eren amigues. I a tu què t'importa, contestava amb una certa agressivitat estil Bàrbara, hi ha coses que li passen a la gent adulta que els nens no poden saber. Té pèrdues? Que et bombin! I aquell era el problema, que la Bàrbara s'estimava més compartir les seves coses privades amb un vell sonat que amb ella, la seva millor amiga. El Jesús és un paio legal, es defensava la Bàrbara. Però li tremolava la veu. Que no tenia ulls a la cara? Que no s'adonava que el Jesús era un pervertit que bavejava amb tots els culs menors de setze anys? No, ella se'l creia, i es creia les seves rucades sobre Fellini, Picasso i Goethe. Quin empatx de cultureta embolicada a correcuita per impressionar ties bones. Les anècdotes eren les mateixes any rere any, els acudits també i, fins i tot, les improvisacions. Els repetidors ho deien, tot i que no calia. Se li veia d'una hora lluny que era un impostor. Però la Bàrbara, tan llesta, tan espavilada, hi va caure de quatre potes i es va deixar entabanar per les seves floretes. Digues, Bàrbara, t'escolto. Val la pena escoltar les teves preguntes, em fas pensar. La Bàrbara sempre fa preguntes interessants… Em feien venir ganes de vomitar tots dos. Potser va fingir la tristesa per fer-se la interessant. Potser va simular una depressió perquè el Jesús intentés animar-la i la portés a veure la darrera exposició de Dalí al CaixaForum. Se li regira l'estómac.

Passa davant l'escola. L'aigua cau a dolls i es queda sota la pluja al davant de la porta tancada, mirant el rètol, Escola Llevant, que va veure cada matí durant quinze anys. Allà va conèixer la Bàrbara amb només tres anys. Duia cuetes, una motxilla del Mickey Mouse i un entrepà de pernil dolç boníssim que van compartir. En acabar el primer dia de classe, ja eren inseparables. Sembla mentida com els nens s'ensumen els uns als altres a la recerca d'afinitats i de seguida troben la seva ànima bessona. Eren com la nit i el dia, però reien per les mateixes foteses i s'entenien sense paraules. La Bàrbara era més agosarada i més exhibicionista que no pas ella. La Bàrbara era la rauxa i ella el seny. L'havia de frenar però també sabia posar el seu disparador en marxa i engrescar-la a dir bestieses, a posar el xiclet sota la taula de la professora, a canviar les bates dels nens de penja-robes, a llançar cigrons als de la taula del costat del menjador. Eren carn i ungla. Força diferents, però, perquè a la Bàrbara li agradava vestir estrafolària, sortir a la pissarra i fer-se veure. Deien que feien la parella perfecta, la guapa i la lletja, l'espavilada i la lletraferida, l'extrovertida i la tímida, la sensual i la frígida. Perquè la Bàrbara era molt sensual. Des de nena, des de ben petita, l'Eva s'adonava com els homes i els nois es giraven a mirar-la. Per la manera de caminar, de remenar els malucs, de ballar o de llepar un caramel. Tot ho feia amb una coqueteria infantil i ingènua, però terriblement adulta. No li calia pintar-se les ungles de vermell ni posar-se faldilles curtes per enamorar. La Bàrbara tenia una manera de mirar captivadora, el cos flexible, els cabells esponerosos i era generosa regalant abraçades, carícies i petons. Sempre van estar unides, molt juntes, pell a pell, sentint la seva olor tèbia, l'escalfor de la seva mà, el batec del seu cor. De nena no hauria sabut dir on acabava ella i on començava la Bàrbara. Havien estat un mateix cos i havien compartit una mateixa ànima. Fins que la Bàrbara va voler separar-se'n i ser-ne una de sola. O pitjor encara, un apèndix del Jesús López. Aleshores, va ser com si li tallessin un braç o una cama amb una serra elèctrica. Va ser brutal. No se'n sabia avenir, li faltava un tros i va sentir per primer cop l'angoixa de la solitud.

La Bàrbara havia mort per a ella d'ençà de l'estiu que tenia catorze anys. Costa molt imaginar-se una amiga morta, sobretot quan la Bàrbara tenia tantes ganes de viure, però ella ja l'havia mort. La traïció del Martí Borràs ja no li va importar tant. Va ser un afegit, la confirmació que la Bàrbara anava per lliure i passava per damunt seu, una excusa per tenir una discussió puntual i venjar-se, per dir-li de viva veu que era una porca i una mala amiga. Però ja no li va fer tant de mal com el descobriment que la Bàrbara s'entenia amb el Jesús López i el preferia a ella. Li picava l'ullet, es repenjava del seu braç, li parlava a cau d'orella, fent-li pessigolles al clatell amb el seu alè. Les boques molt juntes, boques confidents, que maldaven per unir-se. Veure'ls junts era gairebé una provocació, perquè s'endevinava alguna cosa més que l'admiració de l'alumna pel professor. La Bàrbara el va seduir i el Jesús com un babau va creure que l'havia enamorat amb la seva intel·ligència.

Odia el Jesús. Encara a hores d'ara, l'odia. Un paio covard, vil, que practicava el col·leguisme barat, feia pampallugues a les noies tendretes i era de cartró pedra. En realitat només era un Narcís enamorat de la seva veu. Ara no sap què pensar de la Bàrbara ni com imaginar-se-la. No la sap veure en braços del Martí Borràs. No creu que sigui possible i, si més no, tot és possible. Potser el Martí va patir el que va patir ella i la va voler per a ell sol. Però sap molt bé que algú que tingués la Bàrbara a prop no tindria esma ni ganes de buscar altres afectes. La Bàrbara omplia, sadollava. Era addictiva, com la xocolata.

Veu llum dins de l'escola. Un professor que s'ha quedat a corregir o que està imprimint un examen per l'endemà. El Jesús ja no cita les alumnes fora d'hores per parlar de les seves coses. Finalment el van fer fora. I, malgrat tot, va ser gràcies a la Bàrbara. Li dol reconèixer-ho, però la mort de la Bàrbara va fer justícia. I ara va i resulta que és viva! I un altre cop l'envaeix l'estupor del descobriment. On és? On ha passat aquest temps? Per què va desaparèixer? I cada cop li sembla més absurda la pel·lícula que s'ha muntat sobre el Martí Borràs i el seu celler. Ha estat una estupidesa. Allà mateix, mentre l'aigua li regalima pel clatell, s'arrecera sota un portal i marca el número del mòbil des del qual li ha trucat la Bàrbara. Potser ara tingui sort i li digui on és, qui sap. Espera i espera, però torna a sortir la veu metàl·lica, impersonal, que recita que el mòbil està apagat o fora de cobertura.

Fa mitja volta i se'n va cap a casa. Està xopa i ha esternudat dos cops. Camina de pressa i pensa que ha estat injusta amb la Bàrbara. La va matar per amor. Perquè no sabia viure sense ella. La va esborrar de la seva vida abans que desaparegués i per això la seva desaparició real no li va suposar cap trauma. A casa li obre la seva mare i la renya per haver-se mullat. Li contesta que té sort per tenir una filla que es mulla i va cap a casa a canviar-se de roba, perquè la mare de la Bàrbara no pot fer-ho, això. La deixa sense paraules i, en anar cap a la dutxa, s'adona que ha dit exactament el que pensava. La Bàrbara és viva i la seva mare ni tan sols ho sap. Potser s'està mullant per qualsevol carrer de Barcelona i la seva mare creu que és morta i enterrada. L'Eva té mal rotllo. Creia que donant el telèfon al pare de la Bàrbara s'alliberava de la responsabilitat, però no. Li crema a la llengua que la Bàrbara és viva. Voldria obrir la finestra i esbombar-ho i tenir el coratge de sortir al carrer i buscar-la. I a més, pensa, la Bàrbara li ha trucat a ella per dir-li que era viva. No ha trucat al seu pare ni a la seva mare ni a la policia. Li ha trucat a ella. Per què? Si ja no eren amigues. Per què a ella? Sona el telèfon mentre és a l'habitació canviant-se de roba i la seva mare li porta el supletori amb l'auricular tapat i xiuxiueja: És la policia. L'Eva l'agafa immediatament, tremolosa. Digui? A l'altra banda li respon una veu tranquil·la, la veu del sotsinspector Lozano. Eva Carrasco? Bona tarda, sóc el sotsinspector Salvador Lozano. Hola, bona tarda, respon tractant d'escatir si li truca perquè han trobat la Bàrbara, o perquè vol saber més detalls de primera mà.

I bé? M'has trucat abans perquè volies parlar amb mi, oi? L'Eva es queda freda. Així doncs el sotsinspector Lozano encara no en sap res. No l'ha anat a veure el senyor Molina, el pare de la Bàrbara Molina?, li pregunta directament. El sotsinspector sembla sorprès. Doncs no. Que jo sàpiga no ha passat a veure'm. L'Eva vacil·la, dubta. Què ha de fer? Li explica el poc que sap? Que la Bàrbara és viva i que té un número de mòbil? Però recorda les paraules del pare. Oblida-te'n i deixa'm a mi. La vida de la Bàrbara és en joc. I té clar que ell és el seu pare, la persona que més ha fet per la seva filla, el primer interessat a trobar-la viva. I s'inventa ràpidament una sortida airosa. Doncs m'ha dit que passaria a veure'l perquè havia de comentar-li una cosa. Ell ja li ho explicarà, afegeix per deixar clar que ella no està autoritzada a dir res, que no és cosa seva. Però el sotsinspector Lozano dóna allargues abans de penjar i acomiadar-se. Espera't, li prega. Espera't un moment. De debò que no vols dir-me res? No. Tens cap informació sobre la Bàrbara? L'Eva agafa aire i s'excusa: Ja li ho dirà el seu pare. Però el sotsinspector insisteix. Si vols dir-me res en qualsevol moment, aquí tens el meu mòbil. I li dóna el número de mòbil. L'Eva s'acomiada barbotejant. Si sé alguna cosa, ja li trucaré. I penja maleint-se els ossos. Es vesteix de mala lluna i mentre s'eixuga els cabells, massa ressecs, massa fregall, s'empipa amb ella mateixa. L'ha cagat. L'ha cagat estrepitosament. Ara el sotsinspector Lozano ficarà els nassos on no ha de ficar-los i ho espatllarà tot. Si el Pep Molina volia discreció per actuar ja no la tindrà. No li estranya que no confiï gens en la policia, quatre anys marejant la perdiu sense trobar ni una sola prova per inculpar el Jesús López. Estava claríssim que la seva dona l'encobria. Estava claríssim que va ser ell qui va enxampar la Bàrbara a Bilbao i se la va endur cap a Lleida i la va matar. Bé, no la va matar, rectifica, però la va fer desaparèixer. Dubta. O per culpa seva la Bàrbara va fugir. Improvisa. Potser va anar a parar amb el Martí Borràs fugint del Jesús López. Hi ha coses que no li quadren. En qualsevol cas la manipulava, la tenia acoquinada i estava amb l'aigua al coll. Tan difícil era enxampar-lo amb una mentida? Fer-lo cantar? Són uns inútils. L'únic que té els pebrots ben posats és el Pep Molina. Va estomacar el Jesús ben estomacat i li dol no haver-hi estat al davant per veure-ho. Li va trencar el nas i li va fer saltar un queixal. S'ho mereixia. Es mereixia que algú l'atonyinés i li digués pederasta. «Escopiu a la closca dels cretins!», va escriure Salvat Papasseit amb clarividència. El món és ple de cretins, però ningú no els sap reconèixer. I de sobte es queda freda, glaçada. Recorda que li ha confessat al Pep Molina la seva sospita infundada sobre el Martí Borràs. Una suor freda li xopa la roba que s'acaba de posar. Què ha fet? Per què ho ha dit? El farà miques. El pare de la Bàrbara és capaç d'això i més. Ja va llançar-se damunt del Jesús López, però ara, després de quatre anys, la ràbia que ha anat acumulant és immensa i el destrossarà. Per què ha hagut de dir una bajanada com aquella? I ho veu clar i diàfan. Oh no! El matarà! Per això no ha anat a veure el sotsinspector. Vol fer de justicier solitari. Vol venjar-se.

Agafa el telèfon decidida i truca a casa de la Bàrbara. Parlarà amb el Pep Molina immediatament i li dirà que no, que s'ha equivocat, que s'ha precipitat, que el millor fóra posar-se en contacte amb el sotsinspector Lozano, que ja està a l'aguait. Sona un timbre, dos i al tercer salta el contestador. Potser no hi són, potser han sortit, o potser estan trucant. No es pot esperar de braços plegats. I si abans no se sabia estar a la classe d'anglès ara no se sap estar al sofà de casa. S'aixeca neguitosa, agafa el paraigua i la bossa, es posa l'impermeable i surt.

En sortir al carrer comprova que ha deixat de ploure i, empipada, llença el paraigua a terra. Una veïna que ficava la clau al pany del portal la increpa estranyada: Què et passa, Eva? Immediatament, recull el paraigua avergonyida i es fa la mateixa pregunta. Què li passa? Ella no és així, ella no perd els nervis, no crida, no pica de peus ni llença paraigües a terra.

I de cop s'adona que està molt nerviosa perquè la vida li ha regalat una segona oportunitat. Pot recuperar una part d'ella mateixa.

15. Bàrbara Molina

Estic tan destarotada que no he vist *Friends,* una cita que no em falla mai. En comptes d'engegar el DVD, m'he posat a caminar en cercles com un lleó engabiat. És el que sóc. Un animal dins d'una gàbia, tancat, presoner, en mans d'un boig que m'obliga a fer coses que no vull, que després, com a premi, em dóna menjar a la seva mà, però que quan menys m'ho espero treu el fuet i m'enceta la pell sense moure una cella, sense ni una engruna de compassió. Si m'escapés, em dispararia a matar amb el plaer dels sàdics. Com una rata.

Obro la nevera i tafanejo els *tupperwares* on guardo el menjar de dies anteriors fins que es podreix. Em tinc prohibit tocar-los. És un costum que em vaig imposar fa anys, després de viure afamada. No serveix de gaire però em dóna tranquil·litat. Em vaig dir mai més tornaré a passar gana, com l'Scarlett O'Hara en aquella escena que aixeca el cap i agafa una grapat de terra vermella de Tara. Però jo no vaig ser tan fotogènica ni tan heroica. Arrambava les restes de menjar en petites racions i les guardava com un tresor. Obro un *tupperware* amb fulles d'amanida i tomàquet i m'ho fico a la boca a grapats, tot seguit n'obro un altre amb un tros de pollastre fred i me l'empasso sense mastegar. Vull aplacar el neguit, esborrar l'angoixa, però en comptes de sadollar-me cada cop tinc més gana.

Durant aquests tres anys m'havia aconseguit ensinistrar, com als lleons, a força d'escamotejar-me l'aliment. Va descobrir que era una arma poderosa i hi va jugar. Tot el que no havien pogut els cops ho va poder la fam. Em tenia en dejú, patint, i tot de sobte venia i em deixava ensumar un àpat deliciós. Obria la porta uns instants i una oloreta de pollastre rostit s'escolava dins el soterrani i m'inundava els narius. Tenir fam i no poder menjar és morir una mica cada minut, cada segon. El cos m'avisava que em calia lluitar per no defallir. Em mirava els braços, cada cop més prims, les cames escanyolides, les costelles que es podien comptar una a una i el ventre enfonsat entre els ossos de la pelvis. M'estava convertint en un esquelet. Recordava històries de nàufrags que bevien sang dels seus companys, soldats que menjaven vísceres dels morts, supervivents a la neu que s'havien alimentat de cadàvers. I no m'estranyava gens, perquè la fam era tan punyent que qualsevol cosa que l'aplaqués estava permesa. Hauria assassinat per un plat de macarrons. El menjar s'instal·lava al mig de la meva vida i n'era el motor, la justificació, l'única obsessió malaltissa. Somiava en la paella dels diumenges que feia la mama, en el plat d'escudella que sopàvem els dijous a casa els avis, en els entrepans de pernil que portava cada matí a l'escola i que de vegades llençava a les escombraries. M'imaginava gots de llet i galetes de xocolata. Una vegada, desesperada, vaig posar-me de quatre grapes i vaig enxampar un escarabat negre. Movia les potes, espantat, potser ensumava la meva gana i sabia que acabaria triturat entre les meves dents. I així va ser. Vaig vèncer la repugnància i me'l vaig ficar a la boca, però en sentir com es movia i com es regirava va poder més el fàstic i el vaig escopir. Vaig tenir basques i vaig vomitar bilis, un líquid verd i espès que em pujava des del fons de l'estómac buit. Em vaig adonar que si era capaç de ficar-me un escarabat a la boca qualsevol dia em tallaria un peu i me'l menjaria. Aleshores, vaig accedir a tot. No volia continuar convivint amb aquella fal·lera de recordar bistecs tendres i plats d'arròs inabastables, aquella feblesa a les cames i l'emboirament al cap i la ràbia per destruir la bestiola i aplacar el dolor. Perquè la fam era com si tingués una bestiola furiosa dins meu esgarrapant-me amb les seves urpes i mossegant-me amb les seves dents, reclamant el que era seu, dia i nit, sense deixar-me reposar ni un instant. I el mal es barrejava amb la por que ell no tornés i m'abandonés en aquell forat amb la nevera buida. Que torni, que no em deixi morir de fam, pregava inútilment i en silenci. I em vaig vendre per un plat de llenties. Mai més ben dit. El menjar em va tornar submisa i es va acabar el patiment. Em vaig convertir en un gosset que llepava la mà del qui m'omplia la menjadora cada dia, m'ajeia als seus peus remenant la cua i acceptava les seves carícies amb l'esperança segura de rebre la recompensa de l'os. Sóc una bèstia. I, com més ho penso, més gana tinc i em halo totes les reserves. Menjo amb les mans, a peu dret, i m'embruto els morros de puré de patates, de melmelada, de mongetes i peix, deixo que la pasterada em regalimi pel coll i m'eixugo amb la samarreta. De segur que alguna de les coses que he barrejat en aquest poti-poti infecte i grumollós està podrida. Potser fa setmanes que és a la nevera, però tant és, quan torni em matarà. Val més morir amb la panxa plena.

Podria haver trucat a casa. Potser he estat idiota d'haver telefonat a l'Eva. Però com a mínim l'Eva no s'ha posat a plorar com la mama. No en sap, li fa vergonya plorar, igual que li fa vergonya ballar i ensenyar les tetes. I és ben burra perquè als nois els agraden els pits grossos. Jo prou que li ho deia: Tia, posa't una samarreta arrapada i veuràs com lligues, però ella ni cas. A l'Eva li agradava ser invisible i passar inadvertida. El Martí ni tan sols no en sabia el nom. És fort, perquè va ser ella qui ens va presentar. Sí, aquella amiga teva que no parla, com es diu? Deu haver estudiat periodisme com havíem quedat? L'Eva era tossuda. Una formigueta treballadora i responsable amb les idees clares. Més clares que jo. De segur que ha aprovat tots els cursos, ha aconseguit la nota de tall de la *sele* i que ara és a segon de periodisme. Ja deu tenir el carnet de conduir i la seva mare li deu deixar el seu Micra negre. Potser s'ha aprimat i s'ha tret els ferros de la boca, i qui sap si té nòvio i queda amb ell per anar al cine i fer manetes, perquè no la sé veure movent el cul a les nits en una disco. L'Eva no. Potser porta nens de l'esplai i prepara les colònies meticulosament un cop han acabat les classes. Haurà estat a Londres? A Berlín? A Nova York? Hi ha tantes coses que m'he perdut. No sé com és la universitat, no he posat els peus a Amèrica, no m'he assegut al volant d'un cotxe ni he anat a un concert en directe. Un dia qualsevol que ell em deixi veure la tele l'engegaré i trobaré l'Eva fent d'enviada especial a Tòquio. O no, perquè li fa molt de tall parlar en públic. Haurà canviat? De vegades la gent canvia. Sense mi deu haver après a espavilar-se, es deu haver atrevit a dir la seva i a mirar els ulls dels altres. Quan hi havia més de tres persones callava i a classe, quan li preguntaven, es posava com un pebrot. El que no sabien els companys era que moltes de les idees que jo exposava en veu alta, perquè a mi no em feia vergonya, eren seves. Ella era qui pensava i jo qui garlava pels descosits. Jo li pispava les idees, era la impostora. Estudiàvem juntes i ella m'havia d'explicar les Mates i fer-me organigrames de Naturals i d'Història. L'Eva tenia les idees ben clares i treia bones notes als exàmens escrits; en canvi, a les proves orals quequejava, s'entrebancava i semblava una ximpleta. Jo sabia que de totes dues ella era qui tenia el cap més privilegiat i que jo era una tramposa. Per això, quan el Jesús va parlar amb mi, tota sola, i em va dir que era curiosa i intel·ligent i que mai cap alumna li havia fet unes preguntes tan brillants sobre el setge d'Alèsia, vaig sentir-me important i la vaig deixar de banda. El Jesús era injust perquè l'Eva havia llegit Dostoievski, tocava partitures de Bach al piano i llegia els programes electorals dels partits polítics abans de les eleccions malgrat que no pogués votar. Tenia criteri sobre el canvi climàtic i havia convençut la seva família perquè es fessin socis d'Oxfam i compressin en botigues de Comerç

Just. L'Eva estava al cas de la cartellera de cinema i havia vist pel·lícules de Woody Allen i de Coppola que a mi em semblaven un avorriment. Però el Jesús, tot i saber-ho, em va preferir a mi. Em deia que jo era una intel·ligència salvatge, un diamant en brut. Sé que li va doldre. Sé que ella hauria volgut estar al meu lloc i que es moria d'enveja quan el Jesús em deixava els llibres de Hermann Hesse. La vaig enxampar més d'un cop espiant-nos a la biblioteca, fent-se la desmenjada i fingint que triava i remenava els mateixos prestatges a la recerca d'un llibre que no existia, mentre nosaltres xerràvem hores i hores sobre *Siddharta*. Has entès res?, em preguntava després despitada. I en aquells moments la trobava profundament antipàtica. Esperava trobar-me en falta, desconcertada, demanant-li ajuda perquè m'aclarís si us plau qui era Proust i què dimonis volia dir la famosa magdalena. Però no li vaig donar el gust. Ho buscava al Google i ella es fotia en silenci. De segur que esperava inútilment cada divendres que el Jesús la convidés a visitar el Museu Picasso i sospirava per passar-se tres hores al davant de *Las Meninas* i analitzar-les des de totes les perspectives. Ella no hi va anar mai. Jo sí. Amb el Jesús em sentia adulta i per això ens vèiem d'amagat als bars del Raval i preníem cafè en comptes de coca-cola. Estàs colada pel Jesús, em retreia l'Eva, gelosa. I jo no ho desmentia per fer-me la interessant. Estava penjada de la seva saviesa, que m'obria els ulls a coses que m'havien passat per alt. Li encantava el cinema italià i vam veure junts pel·lícules de Visconti, de Fellini, de Bertolucci, de Passolini. Algunes les entenia i d'altres no tant, però ell tenia paciència per fer-nos adonar de la bellesa d'una imatge, del retrat d'un sentiment, de la fotografia despietada d'un món. Recordo *Roma, città aperta,* de Rossellini, i el crit d'Anna Magnani quan s'enduen el seu company escanyolit dalt del camió. Anna Magnani em semblava una grassa hortera, però el seu crit era tan sentit, tan autèntic, i el seu amor tan gran que vaig acabar veient-la *sexy.* El que em va quedar gravat per sempre més, però, va ser el retrat del protagonista de *L'Inocente* i la seva dolenteria quan deixa morir el nen de fred. Un paio que posava les banyes a la seva dona, li ho refregava per la cara i, quan ella s'enamorava d'un altre, es posava tan gelós que no la deixava de petja. Aleshores, descobria que ella estava embarassada i la torturava tot interrogant-la morbosament sobre qui era el pare. Quan naixia el nen, li exigia que l'odiés, fins que ell mateix el matava. Només aleshores ella es rebel·lava i tenia el valor de dir-li a la cara que li feia fàstic. Era mentider, era manipulador i possessiu. La tenia fascinada, vampiritzada i ella se'l creia, fins que li queia la bena dels ulls. Em vaig esgarrifar. Era com ell!

El Jesús em va fer descobrir moltes coses i per això vaig decidir explicar-li-ho tot.

Sabia que podia refiar-me'n. Sempre m'aturava als passadissos i em preguntava què em passava. Volia saber per què suspenia les altres assignatures, per què estava trista. Em deia que havia parlat amb la meva tutora i que en no treia l'aigua clara. Era sincer i estava amoïnat per mi. I jo necessitava desesperadament algú amb les idees clares. De segur que ell tenia un sentit estricte de la justícia i era capaç de distingir el que estava bé i malament. Jo, en canvi, tenia un garbuix al cap i em feia un embolic. El Jesús ens havia parlat de la corrupció a l'antiga Roma i de la covardia dels seguidors de Juli Cèsar que van preferir matar-lo per l'esquena abans que enfrontar-se a les urnes i a les legions. Si era capaç d'analitzar la història i veure amb clarividència el que haurien d'haver fet uns senadors republicans al segle I abans de Crist, també em podria donar un cop de mà a mi i treure'm del meu cul-de-sac. El meu problema era que no sabia com començar ni com continuar. Jo no l'hi havia posat nom. No tenia paraules. Creia que, si no en parlava, no existia. Les coses que no s'anomenen s'obliden o desapareixen. Per això em costava tant explicar-li-ho a algú.

Va dir-me que sí, que m'escoltaria. Li vaig pregar molta discreció i em va citar a l'escola, de nit. Vaig estar rumiant sobre com encetaria el tema, com diria les coses que m'havien passat i l'estupor que m'aclaparava i que em feia sentir tan malament, tan perduda, tan desconcertada. Vaig creure que, en tenir-lo al davant disposat a escoltar-me, m'inspiraria i que escopiria la història sense traves.

Aquella nit érem tots dos sols i l'escola estava completament buida, a les fosques. Les meves passes ressonaven pels passadissos mentre caminava al darrere seu. Em sentia una delinqüent per partida doble i vaig tenir desitjos de fer-me enrere, però ja era massa tard. No sóc supersticiosa, però juro que vaig veure un gat negre saltant la teulada des de la finestra de segon B. Va ser una malastrugança i, quan ell va tancar la porta del despatx darrere seu i se'm va quedar mirant, vaig recular i vaig callar. No m'agradava l'olor de suor que feia. No m'agradava la llum del despatx. No m'agradava l'escola a aquelles hores de la nit. Em sentia tan estranya com si hagués ingressat a urgències d'un hospital. Tot m'era desconegut, llunyà, agressiu. I ell també era un altre. Em mirava amb les ninetes dilatades i brillants i va avançar-se prenent la paraula i vomitant un munt de bajanades. Em va dir que era un home casat i que entenia que jo m'hagués enamorat d'ell, però que no podia ser, que ell no em podia oferir res, que ell també m'estimava, però que jo era menor d'edat. En aquells moments hauria volgut saltar per la finestra com el gat negre i perdre'm per les teulades. I aleshores em va posar una mà a la cama, tan estranya com la seva veu i les seves paraules, i va començar a acaronar-me-la, però jo em vaig posar dreta d'un salt, tremolant, i vaig esclafir a plorar. No podia parar de plorar. Sentia una frustració molt gran. El Jesús em va abraçar i va intentar consolar-me, però jo plorava més i més fort. Estava desesperada. I en aquells moments va passar el pitjor que podia haver passat. Es va obrir la porta i va aparèixer la Remei Comas, la meva tutora, la sergent. El Jesús em va deixar anar bruscament i a mi se'm va estroncar el plor de cop. I el gran Jesús es va acoquinar i no va saber dir altra cosa que jo l'havia citat allà perquè volia explicar-li una cosa personal. Va ser molt fort. El Jesús, acuseta, m'assenyalava delatant-me com un nen: Ha estat ella, ha estat ella! Vaig emmudir i vaig començar a menysprear-lo. La tutora no va dir ni una paraula més alta que l'altra, però la seva sequedat imposava més que tots els insults del món. Mai un camí se'm va fer més llarg. En cada cantonada, davant de cada semàfor, suplicava que es posés en verd i que s'acabés aquell suplici. Em vaig recordar de la passió de Jesucrist i els passos de dolor que diuen. Jo duia la creu de la vergonya per haver confiat en el Jesús i per haver descobert qui era. Em van deixar davant de casa meva amb l'amenaça, impossible d'eludir, d'una reunió al despatx de la tutora l'endemà.

A la nit no vaig dormir. Vaig dibuixar mentalment l'escàndol i em vaig imaginar la reacció de la família. No podia afegir un problema més a la meva vida. No podia permetre-m'ho. Així doncs, l'endemà vaig plorar i plorar davant la Remei Comas i finalment la vaig amenaçar de tallar-me les venes. Va fer efecte i em vaig salvar. I de rebot vaig salvar el Jesús.

El molt desgraciat, sec, tibat, em va dir que no volia que li parlés perquè ell tenia una reputació i una família. Em va girar l'esquena i no em va adreçar mai més la paraula ni a classe ni a fora. A la segona avaluació, em va suspendre la seva assignatura. Potser m'ho mereixia perquè havia perdut tota la motivació que abans m'engrescava a treure excel·lents. Em va deixar clar que, si jo obria la boca, em destrossaria.

Va ser un covard.

16. Salvador Lozano

El sotsinspector Lozano ha hagut de passar per casa a canviar-se de roba. La pluja l'ha enxampat a l'alçada de la Gran Via amb Urgell, i en comptes de refugiar-se en un portal com feia tothom s'ha quedat palplantat al mig del passeig, sota els plàtans, com un estaquirot. Estava pensant en la trucada de l'Eva Carrasco i l'estranyesa que li ha produït la seva frase enigmàtica sobre la possible visita del Pep Molina. No cal dir que les seves evasives encara l'han desconcertat més. En un primer moment ha cregut, estúpidament, que l'Eva, avisada tal vegada per la família Molina, volia acomiadar-se d'ell i donar-li les gràcies per tota la seva dedicació al cas de la seva amiga. Una rucada. Ningú no dóna les gràcies gratuïtament. I pensant en la veu de l'Eva Carrasco i el que amagava, més que no pas el que deia, s'ha mullat per partida doble, perquè les fulles dels plàtans de la Gran Via, curulles pel pes de les gotes, es doblegaven i regalimaven aigua, com una regadora. I ell s'hi ha quedat una bona estona, al mig, encantat i barrinant sota la pluja, com un babau. El vestit del casament del fill està ben xop i la corbata d'irisacions vermellenques li ha descolorit la camisa blanca.

En ficar la clau al pany, ha intentat entrar sigil·losament sense aconseguir-ho. La seva dona és més bona policia que no pas ell. Es volia estalviar la conversa i les seves preguntes indiscretes. Hauries d'haver agafat el paraigua, el renya primer que res. Com ha anat el darrer dia?, li ha preguntat tot seguit. Molta feina? I li ha fet un petó expectant, dels que inicien una conversa. Duia el davantal que es posa per cuinar. Tant se li'n dóna cuinar per un o per dos, no li fa mandra, ja hi està acostumada. Ella accepta que a la nit soparà tota sola perquè ell anirà a la festa de comiat i no l'ha convidat. No vol que hi vagi. Sap que a ella li hauria fet il·lusió i que si li ho hagués dit amb temps s'hauria comprat un vestit i hauria anat a la perruqueria de bon matí i que el sopar de jubilació del seu marit, un sotsinspector dels Mossos d'Esquadra, li hauria donat tema de conversa abans i després de la celebració. Un mes de la seva vida, pel cap baix. Una ocasió per refrescar els comentaris quotidians i fer-los sortir de la rutina casolana sobre el punt de sal de les mongetes, el control del colesterol i les dents del nét. Com quan va xalar amb el casament del noi i la xerrameca li va durar gairebé un any. Però no ho ha fet i encara no sap ben bé per què. Tal vegada no vol que ella, amb la seva mirada inquisitiva, vegi que ha acabat arraconat i bandejat per un xaval d'acadèmia. Que els qui brinden per ell, en realitat somriuen al nou cap i que aprofiten l'ocasió per donar-se a conèixer i fer-li brometes perquè ell ja no els importa un rave. O tal vegada no ha volgut que ella hi anés perquè en realitat no es vol jubilar i encara no ha paït que el sopar és en honor seu, perquè se li acaba la vida laboral aquella mateixa nit. Sigui com sigui, hi anirà sol. Tanmateix, encara no sap què farà l'endemà al matí. No ha posat mai els peus en un gimnàs, no juga a cartes ni a la petanca i no té amics d'aquests de sortir els caps de setmana a celebrar una calçotada. Ha treballat massa i no ha tingut dissabtes ni diumenges per malbaratar. No li sap greu, però l'endemà al matí se li apareix com un buit immens i recorda aquell trampolí de la piscina municipal de l'Ametlla del Vallès on anava de vegades de jove, amb els amics de la Guàrdia Civil, que li tenia la moral menjada. S'hi enfilava, s'acostava a la vora, es mirava la piscina, molt avall, molt lluny, i tornava a baixar. No era capaç de llançar-s'hi. No és ni ha estat mai un home impulsiu i executa les seves accions assenyadament. Però no ha volgut planificar res per al dia després de la seva definitiva jubilació. I ara sent el mateix vertigen que quan era jove i treia el cap per l'abisme del trampolí de l'Ametlla, sense gosar donar el pas irremeiable cap a la vida de jubilat.

Demà s'hi llançarà, es diu. Més ben dit, l'empenyeran i hi caurà. Quin remei. Haurà d'aprendre a veure marxar la dona de bon matí, a sentir el tic-tac del rellotge de la sala, a dinar tot sol un plat reescalfat al microones davant del televisor del menjador i a treure les escombraries als vespres. I se li fa un nus a l'estómac i pensa que la vida ha passat massa de pressa i que no està preparat. La seva dona tampoc. La veu esporuguida. De sobte envairà el seu espai, la seva llibertat. Li farà nosa i ell no sabrà on seure per no destorbar, com quan escombra i el va arraconant i arraconant fins que a ell no li queda altre remei que agafar la porta i sortir a comprar el diari. Se sentirà controlada en les seves anades i vingudes, parlarà fluixet al telèfon perquè no la senti, de sobte culpabilitzada per xerrar massa i tenir massa coneixences. Ella sí que s'ha sabut crear un espai al món que mai no li estroncarà un conveni laboral. Ella encara no s'ha jubilat, però treballa fins a les quatre. Les tardes les ocupa amb l'*aquagym*, el cafè, el bridge amb les amigues i la família. La dona controla escrupolosament la vida dels fills. Molts vespres el mareja cloquejant com una lloca les gràcies del nét. Que si ja gateja, que si diu *caca,* que si es fica la cullera solet a la boca. I sempre té fotos i les hi ensenya. Mira, mira, té el teu nas. Pobre nano. No siguis burro, quan et vaig conèixer, em vaig enamorar del teu nas, vaig pensar, mira quin nas, quanta personalitat. És així, la dona, afectuosa, entregada i una mica tafanera. Els porta croquetes als fills, una excusa qualsevol per assabentar-se de quines sèries de televisió miren, del sou que guanyen, de la roba que s'han comprat aquesta temporada o dels noms dels amics que els truquen. Però ho fa de bona fe i així sempre sap el regal que els convé. Ella observa, calla i apunta. Hauria estat una policia excel·lent. Els hem de comprar una espremedora que no en tenen, unes tovalles noves que les velles fan fàstic, un cotxet per al nen que l'altre s'ha espatllat... La dona manté el contacte amb les amigues i la família i això és un foc que sempre crema. A ell d'un dia per l'altre se li acaba l'escalfor i es queda glaçat i a les fosques.

Està acollonit. Sí, *acollonit* és la paraula, i es penedeix de no haver-ho previst amb temps i de no haver dissenyat una estratègia. Cas Lozano: com ocupar les hores mortes d'un dia de vint-i-quatre hores atapeïdes de seixanta minuts cadascuna. Com dotar de sentit allò que no en té. Com superar la frustració de tots els casos no resolts. I s'atura en el punt tres. És el que més li reca. És per això que no està preparat per a la jubilació, perquè encara no ha acabat la feina. Sona a excusa, però la seva feina no s'acaba mai, es diu amargament. I d'entre tots els casos sobresurt el de la Bàrbara Molina que, de cop i volta, comença a veure des d'altres perspectives, fent-se preguntes que no s'havia fet mai i es revifa amb una trucada misteriosa de la seva millor amiga.

Sorprenentment, perquè no s'ho esperava, sona un altre cop el mòbil. L'agafa de seguida sabent que l'endemà no sonarà més. És el Lledó, un bon noi. Sí? Ja ho he resolt, *jefe,* ho he fet jo mateix, per la cara, trucant, m'he fet passar pel director d'una escola que tenia interès a contractar el seu fill. M'ho han explicat tot fil per randa. El Lozano se sent orgullós del xicot a qui ha ensinistrat tan bé. I què? Doncs que és la pura veritat. Que el pare, el Ramon López, un pagès de Mollerussa que ara té setanta-un anys, s'està morint i que li queda poc. El Jesús López hi va cada dia als matins perquè ara treballa als vespres en una acadèmia. El Lozano sospira. Una altra pista escapçada. Doncs gràcies. De res, i si vol alguna altra coseta estic de guàrdia. Em disculpo perquè no podré venir al sopar i volia dir-li que em sap greu que se'n vagi. El sotsinspector simula molta fredor i el tranquil·litza. Començo una nova vida, noi. No t'has de doldre, m'has de felicitar. Doncs, felicitats, deixa anar el Lledó bruscament, potser emocionat. I penja.

El sotsinspector Lozano sospira mentre es corda la camisa groga. Bon noi, el Lledó. Ha intuït que no se'n vol anar i té raó. S'està comportant com una criatura demanant feinetes d'última hora. A més, ha ofert el seu mòbil a l'Eva fraudulentament, en comptes de dir-li que es posi en contacte amb el Susqueda. Ho ha fet amb gasiveria. Ha ensumat que l'Eva volia dir-li alguna cosa i no l'ha volgut forçar, però ha fet el que fa sempre, deixar una porta oberta a la confidència. El problema és que ell ja no té la clau d'aquesta porta i ha fet trampes. L'endemà al matí ja no serà a comissaria però es resisteix a deixar el cas i vol continuar portant les regnes. I és que sospita que la trucada de l'Eva no és gratuïta i que és precisament la trucada que ha estat esperant durant quatre anys. Ha après a discernir les veus que amaguen coses i les veus que malden per dir però no gosen. S'ha de ser cautelós. Si l'hagués bombardejat a preguntes de ben segur que s'hauria acoquinat i s'hauria fet enrere de seguida. Ha trucat al Pep Molina tan bon punt ha entrat dins del metro, però el seu mòbil era fora de cobertura. Si no té notícies seves, tornarà a intentar-ho més tard, es diu. Potser l'Eva sabia més coses que les que va declarar i per fi el cas comença a moure's en alguna direcció. I sent el pessigolleig de les intuïcions que puja com una escalfor pel cos i li enrojola les orelles.

Vols dir, la camisa groga?, fa la dona arrufant el nas. Què li passa a la groga? Que porta mala sort. O és que no recordes que els actors mai no vesteixen de groc. Li fot que ara que ja se l'ha cordat vingui la dona i la hi faci treure. Jo no sóc un actor, replica. Ella calla però no es rendeix. Molière va morir de groc, comenta com qui no vol la cosa abans de girar cua. Es per això que els actors eviten sortir a escena amb aquest color, afegeix per reblar el clau.

El sotsinspector Lozano es queda mirant-se al mirall i, sorrut com ell sol, opina que el groc l'afavoreix. I mentre es posa l'americana i revisa la cartera es pregunta d'on dimonis treu la dona totes aquestes foteses de *Readers Digest* que li refrega pels nassos quan el vol picar. Potser és la seva manera de venjar-se per no haver-la convidat al sopar, es diu abans d'obrir la porta per sortir i fer-li un petó de comiat.

No és supersticiós. Els policies que juguen amb la vida i la mort no poden creure en bajanades d'aquesta mena. Si ho fessin, no sortirien de casa perquè estarien tot el dia pendents de no trepitjar les ratlles de les rajoles i no mirar per les finestres per no veure passar gats negres per les teulades. Només li faltava la maleïda camisa groga, rebufa a l'ascensor, empipat, ara sí, perquè el seu conjunt impecable ja no és tan impecable com havia cregut i sap que es passarà una part del sopar dubtant sobre la inconveniència de vestir de groc el dia del seu comiat de la feina. Procura oblidar l'incident i torna un altre cop a la Bàrbara Molina i la seva premonició. Li bull el cap i a l'ascensor, en saludar el de l'àtic, un xicot informàtic de Bilbao acabat d'arribar a Barcelona que treu el gos a passejar, es pregunta pel gos de la Bàrbara. L'hi van regalar l'Iñaki i l'Elisabet quan va fer deu anys, l'estiu de 2000. El va veure fotografiat de cadellet als braços d'una Bàrbara emocionada. Recorda que es va mirar i remirar aquella fotografia fascinat per la manera com la nena acaronava el gos, com el besava i també per la mirada de l'oncle Iñaki que la càmera de l'Elisabet va enxampar amb la mateixa precisió que l'alegria de la Bàrbara. Una fotografia torbadora, estranyament torbadora. La nena, el gos i l'oncle, en una platja del Cantàbric. Les ones embravides al darrere seu i uns núvols amenaçadors a l'horitzó que potser vaticinaven el que estava per venir. No aportava res, però de vegades una fotografia parla i en la tendresa i l'afecte gairebé sensual de la Bàrbara acaronant el gosset i la devoció de l'oncle hi havia un missatge amagat que mai no va desentrellar. La Núria Solís va dir que el gos li portava massa records de la Bàrbara, i el Pep Molina se'l va endur al mas del Montseny. I un altre cop, sense intermitència, les preguntes fan cua, expectants. Per què la Bàrbara Molina va anar a Bilbao? Què esperava dels seus oncles? Quina relació hi mantenia al marge de les declaracions dels uns i els altres? Qui va avisar l'Elisabet Solís i l'Iñaki Zuloaga?, li ha preguntat el Susqueda aquesta tarda. Si tenien el mòbil apagat o fora de cobertura, com és que algú els va trucar? La pregunta que se li acut tot seguit és si en realitat van arribar a les illes Cíes. Sincerament, no hi podria posar la mà al foc perquè no van fer-ne cap comprovació. No tenien manera de fer-la. Els van creure i prou. I en aquells moments se li comença a fer estrany que algú estigui il·localitzable durant tant de temps. La Bàrbara va desaparèixer dimarts, dimecres va agafar un autobús i dijous va treure diners a Bilbao i les veïnes la van trobar trucant a la porta del pis dels Zuloaga, desesperada. Això vol dir que feia dos dies sencers que intentava posar-se en contacte amb els seus oncles. Van comprovar les trucades dels mòbils de l'Elisabet i l'Iñaki? Però, i si la Bàrbara, tal com ha suggerit el Susqueda, tenia un altre telèfon? Una badada, perquè el que li xiula al cap insistentment és la possibilitat que la Bàrbara sí que els localitzés. Per què no? És una probabilitat com qualsevol altra, va desgranant. La nena els truca al mòbil, giren cua i tornen cap a Bilbao, es troben, la fiquen al cotxe i la porten cap a casa seva. Després ja no sap per on continuar, se li escapen quins poden ser els mòbils dels oncles per a un crim d'aquesta mena, però els pitjors crims es cometen dins de les millors famílies, i ho sap molt bé. El Pep Molina tenia arguments en contra dels Zuloaga i un pare intueix els perills que corren els seus fills. El Lozano obre la porta de l'ascensor i deixa passar el veí de Bilbao que ha inspirat les seves elucubracions. Està al·lucinat del que se li acaba d'acudir. Això pot significar que l'Iñaki i l'Elisabet, o un dels dos, són el tercer sospitós del cas. I aquest cop és com si la boira de Lleida s'hagués esvaït amb el primer raig de sol del matí i li oferís un camí per transitar-hi i avançar cap a la cabina esquitxada de sang, la bossa abandonada i els senyals de violència inequívocs.

Van investigar el matrimoni Zuloaga, però, per ser franc, no gaire. Ells eren al final del camí on la Bàrbara no va arribar mai. El mòbil de la seva fugida era obvi que venia d'enrere, de Barcelona, dels pares, del nòvio, del professor, de les amigues. I aleshores, es queda sense alè perquè per primer cop en molts anys pot pensar en una nova direcció i veure les coses des d'una nova perspectiva. Exactament des d'un nou angle. Quina relació la unia amb els seus parents de Bilbao? Què representava per a ella aquella família amb qui passava els estius quan era petita? Per què el Pep Molina es va barallar amb l'Elisabet Solís? I amb l'Iñaki Zuloaga? Per què la Bàrbara Molina va deixar d'anar de vacances amb els seus oncles en fer els tretze anys? S'engresca, està en un moment dolç, se'ls coneix ell, aquests moments que són com si hagués caigut un raig d'oli al damunt de la taula i miraculosament les peces del trencaclosques rovellades llisquessin suaus fins a encaixar. Sap que, si té paciència i va empenyent amb suavitat cap aquí i cap allà, tot anirà rutllant i potser en traurà l'entrellat. Intueix que ja és més a prop que fa unes hores. Agafa el mòbil i sense cap vergonya fa el darrer encàrrec al Lledó. Lledó?, disculpa noi, una ultimíssima comprovació. Vull saber si els Zuloaga van entrar i sortir de port a Bilbao els dies que ells van declarar, si hi ha alguna forma de comprovar la seva ruta de navegació i si també es pot fer un escorcoll de les trucades rebudes als seus mòbils des del dimarts fins al divendres. Si n'hi ha alguna de repetida, d'insistent o sense nom conegut. El Lledó calla a l'altra banda del mòbil mentre apunta. Alguna cosa més, *jefe?* El Lozano està inspirat. Sí. Posa't en contacte amb el veterinari dels Molina i pregunta-li pel gos de la Bàrbara Molina. Quina edat té, quina raça, si duia xip, la relació amb la nena, tot el que sàpiga sobre el gos. El Lledó fa un xiulet. És molta feina, *jefe,* i de la bona, no sé si podré enllestir-la abans de les dotze. El Lozano ja ho sap. És igual, em truques quan ho tinguis i jo ja ho explicaré al

Susqueda. D'acord, doncs, ara m'hi poso, fa el Lledó animós. El Lozano guarda el mòbil pensant que és força complicat justificar amb lògica una intuïció absurda. El gos és un element nou, però potser és un lligam amb els Zuloaga. No sap per què vol estirar el fil del gos. De vegades les estupideses més grans l'han dut a una pista possible. Ja se sap, és un gat vell.

I de sobte, en sortir al carrer i trepitjar l'asfalt i rebre a la cara una bafarada de fum negre del tub d'escapament d'un autobús que engega, es desinfla. El temps. Se li acaba el temps. Ja no té més temps i el Susqueda no farà cap cas del gos ni dels Zuloaga.

Està condemnat a conviure la resta de la seva vida amb el dubte permanent.

17. Núria Solís

La Núria Solís ha estat força estona al telèfon amb la seva germana, l'Elisabet. Li truca cada dia. S'ha convertit en un costum que abans compartia amb la seva mare. No se'n sap avenir encara, de la seva mort, per un càncer, fa set anys, però la consola pensar que s'ha estalviat el calvari de la desaparició de la Bàrbara. En una època no gaire llunyana, ella va ser mare de la Bàrbara i filla de la Teresa alhora. Ara és òrfena de mare i de filla i ja no parla, només escolta l'Elisabet, la germana petita, que li dóna consells i l'alliçona i li relata la seva vida plena de coneixences, de reptes, d'amor, de futur. La Núria calla i escolta, l'escolta sempre perquè la veu de l'Elisabet és una cullerada de xarop dolç, amb gust d'infantesa, un eco dels estius que s'enfilaven pels turons del Montseny i menjaven síndria sota les parres del mas mentre el sol escalfava les alzines, sentien cantar els grills i l'avi posava cançons de Nat King Cole. *Cachito, cachito, cachito mío.* L'Elisabet li escalfa l'ànima, malgrat que a la terra on viu no vegin gaire el sol. Creu-me, és el que més trobo a faltar, li confessa. L'Elisabet és hàbil i aconsegueix arrencar-li les respostes minses una a una, com feia ella abans amb els pèls de les celles de la Bàrbara. Només aquest, aquest i prou, Barbi, i els hi anava traient amb trampes i estratagemes perquè se li ajuntaven al mig del front i li feien lleig. La Núria de vegades es resigna als interrogatoris capriciosos de l'Elisabet. Què has menjat avui? Et prens encara el Diazepan? Has dormit les sis hores que et vaig dir? Has provat amb l'antifaç? Però de vegades se'n cansa i l'engega a pastar fang. Com avui, que no ha tingut paciència. No t'estimes, Núria, li retreu la germana. Has de mirar-te al mirall, has de tenir vida pròpia. Pensa alguna cosa que et faci il·lusió, un viatge amb els bessons, una obra de teatre, no sé, alguna cosa que et motivi. Quan l'Elisabet entra en el territori de les consignes i els consells de manual d'autoajuda, busca una excusa per penjar i estalviar-se la picabaralla. L'Elisabet és així, simple i cartesiana, es diu per disculpar-la, creu que les fórmules per viure són infal·libles i que tot s'arregla amb projectes laborals, viatges exòtics i sopars nocturns. I aleshores pensa que és jove, ingènua i innocent i que en realitat, de la vida, encara no en sap ni la meitat. Ni tan sols no va patir la malaltia de la mare a peu de llit. No va viure la devastació de la quimioteràpia, la pèrdua del seny, la por als ulls davant la immediatesa de la mort. L'Elisabet va arribar un cop la mare estava en coma, va plorar i va dir que no ho podia suportar. I ella va carregar la mort de la mare i el patiment de la germana damunt les espatlles. D'això, se'n diu transferència. L'Elisabet li va transferir la seva pena i ella la va agafar com una llosa i la va aixecar. Potser el dolor acumulat pesa i acaba per aixafar la resistència de qualsevol. Per això ella està aferrada a la terra i plora i s'enfonsa cada cop més mentre que l'Elisabet sura i i riu i vola entre els núvols i la Terra, de lluny, li sembla petita i bufona, com de joguina. L'Elisabet s'estalvia el dolor i viu en una asèpsia permanent de joventut eterna. Sense fills, sense pares, sense responsabilitats. Juga a nòvia enamorada, a noieta de colla, a tieta simpàtica, a estudiant entremaliada, a aventurera d'estius. I li va bé. I per això no té cura de les paraules i, de tant en tant, se'n va de la llengua i deixa caure paraules emmetzinades que corren per les venes, com un càncer maligne, fins a arribar al cor i matar-lo. Com quan li va explicar allò de la Bàrbara. Paraules esmolades com ganivets que la van ferir tant que va estar-se dos mesos plorant, negant-se a parlar amb ella, sense respondre-li el telèfon, sense explicar-ho a ningú. Fins que l'Elisabet es va presentar a casa seva penedida per haver parlat, li va demanar perdó i li va pregar que ho oblidessin. La va perdonar a mitges i no se n'ha oblidat mai, d'allò. Va ser un mal tràngol que va passar tota sola, com sempre ha fet.

La Núria es fica a la dutxa. Li cal aigua per refrescar-se i despertar de l'endormiscament de les pastilles. Ha de fer el sopar per als bessons, pensa mentre es despulla. El Pep no hi és, així doncs aprofitarà per cuinar una verdura de patata, mongeta i pèsols amb l'olla exprés i uns pits de pollastre arrebossats que va descongelar la nit anterior. Ja no fa cap menjar complicat. Només coses fàcils, ràpides. Soparan tots tres amb la tele engegada, a la cuina, així el silenci no serà tan feixuc. I després agafarà com cada nit la jaqueta i la bossa i se n'anirà a treballar al Clínic i potser durant les deu hores del seu torn tot quedarà en *stand by.*

Mentre és a la dutxa i deixa que l'aigua li llisqui pel cos i li renti la tristesa, li sembla que sona el telèfon. Però no s'immuta. Tant li fa. Ja veurà després qui ha trucat. Mentre és sota la dutxa i es renta els cabells amb un xampú que fa olor de poma fresca se sent neta, revifada. La Bàrbara també es ficava a la banyera quan li deien que era dolenta. Deia que així es tornaria bona. Sempre li van dir que era una nena dolenta i li va quedar com a etiqueta des de ben petitona. No sap qui va començar ni com, però la Bàrbara mai no va ser una noieta innocent i crèdula com l'Elisabet, que de nena s'ho empassava tot. Era recargolada i punyetera, parlava amb segones, batejava a tothom amb malnoms i feia trampes a les cartes. Això és brut, li deia el Pep, sempre tan estricte. Ets dolenta. I la Bàrbara es ficava a la banyera i li pregava que li ensabonés el cap per deixar de ser bruta. No distingia encara entre ser i estar. Tot anava en un mateix paquet. *Lady Macbeth,* li deia l'Eva, més lletraferida, quan li va agafar la fal·lera de dutxar-se. D'adolescent va ser una bogeria. El darrer any, abans de desaparèixer, es passava hores sota l'aigua i es canviava de roba fins a tres cops al dia. Un semestre van pagar una factura astronòmica que va treure el Pep de polleguera. Bàrbara, surt de la dutxa, no estàs bruta!, li cridava la Núria quan el Pep no hi era, des de fora de la porta del bany. I tu què saps?, li responia la Bàrbara amb desvergonyiment. Tu no saps res! La Bàrbara era dolenta i ella estava desautoritzada.

Els únics que desmentien aquesta versió eren la seva germana i el seu cunyat, potser per això ella els preferia. Sí, ho admet. Durant un temps va estar gelosa de l'Elisabet i l'Iñaki. Estava dolguda amb la seva germana. Quan van néixer els bessons, un juny xafogós, es van endur la Bàrbara de vacances per fer-li un favor, tenia només quatre anyets. Va tornar enamorada dels tiets, i els estius al Nord es van convertir en un costum. La Bàrbara passava els juliols amb l'Elisabet i l'Iñaki. Ells no tenien fills, eren més joves i feien vacances escolars. Disposaven de tot el temps del món per a la Bàrbara i la duien cada dia a navegar amb el veler. L'Iñaki li va ensenyar a nedar, a pescar i a dur un timó i la Bàrbara va ensinistrar-se en els secrets del mar. Sota el mar hi ha muntanyes i penya-segats molt, molt profunds, els explicava a la tornada. Sabies que si agafes les meduses amb la mà no et piquen? La Núria l'escoltava bocabadada. Havia viscut sempre d'esquena al mar. Era una dona de muntanya que havia fet el Puigmal, la Pica d'Estats i l'Aneto. Sabia posar-se uns grampons, clavar un piolet, encordar-se i baixar d'una paret fent ràpel. Però el mar li feia recança. El trobava massa gran i la inquietava nedar en alta mar perquè no sabia quines bèsties hi havia sota seu i temia que de sobte alguna cosa desconeguda se li entortolligués a les cames, passés a frec de la seva pell o la mossegués. La Bàrbara era molt més valenta i tenia un peu a cada món. Grimpava com les cabretes cada agost i als juliols es capbussava en les profunditats marines amb els ulls ben oberts i la curiositat amatent que li va saber transmetre l'Iñaki. El dia que va pescar una morena amb un arpó i la va treure tota sola de l'aigua els va trucar entusiasmada i els va tenir gairebé una hora al telèfon donant-los unes explicacions que haurien fet empal·lidir d'enveja qualsevol documental de La 2 sobre la vida de les morenes. La Núria va aprendre tant de les morenes que en podria haver escrit una tesi doctoral. L'Iñaki vibrava d'entusiasme. Aquesta nena és un diamant en brut! Es veien poc, però s'estimaven. Era evident. Les comparacions eren odioses i la Bàrbara els comparava sovint amb els oncles i això, de mica en mica, va anar minant la relació perquè, sense voler-ho admetre del tot, la Núria sentia un puntet de gelosia per no ser tan fresca, tan enrotllada i tan juvenil com la seva germana i per témer que la Bàrbara un dia no gaire llunyà triaria l'Elisabet com a confident mentre ella es quedaria al marge, convertida en una mare severa i avorrida. Al Pep, per descomptat, mai no li havien fet gens de gràcia aquelles vacances marines i desgranava d'un en un els perills de tenir la Bàrbara durant un mes fora de casa. La teva germana i el teu cunyat no li poden posar un banyador?, cridava al començament, empipat pel morè integral de la nena. Ha d'anar ensenyant el cul pel món? Però el banyador que ella va demanar discretament a l'Elisabet que li posés, no va arreglar les coses. Aquesta nena torna feta un salvatgina, deia quan tornava la Bàrbara del Nord, més pocavergonya, més rebel, més trapella, com si se li hagués encomanat l'esperit de la França revolucionària que visitaven sovint amb el veler. La tempesta va esclatar amb la pubertat. Amb dotze anys la Bàrbara ja feia la mateixa alçada que ella i tot i ser esprimatxada començaven a apuntar-li els pits petits i rodons i a ombrejar-se-li el pubis. Ni el Pep ni ella estaven preparats per a aquell canvi tan sobtat, tan primerenc. L'explosió hormonal de la Bàrbara va precipitar-ho tot, i allò que fins aleshores el Pep havia consentit per tractar-se d'una nena va esdevenir una catàstrofe que li va caure al damunt com una bomba. S'ha acabat. Mai més, em sents!, va cridar el Pep l'estiu que la Bàrbara, amb dotze anys, va tornar de Bilbao. No vull que la meva filla participi en orgies. La Núria es va pensar que no ho havia sentit bé. Orgies?, va repetir, incrèdula. De quines orgies parles? I el Pep, apocalíptic, es va aixecar i la va acusar amb el dit índex. La teva germana i el seu marit la duen a drogar-se i a emborratxar-se en pilotes a la platja en companyia d'una colla de degenerats! La Núria recorda bé aquella frase rebuscada i volgudament demagògica. La recorda perquè li va quedar gravada. Però no la recorda pel valor de la frase en ella mateixa, el que la va sorprendre és que l'home amb qui s'havia casat fos capaç d'elaborar-la, de creure-se-la i de dir-la. Va intentar asserenar-se i posar les coses al seu lloc. No podia deixar que el Pep, com feia sempre, rebategés el món, perquè les paraules acaben per dotar de significat allò que no en té. Els degenerats són amics seus, companys de la universitat, famílies amb nens, homes i dones adults, professors. No van en pilotes, van despullats perquè són en platges nudistes, practiquen el naturisme, tots excepte la Bàrbara perquè tu li ho vas prohibir. I beuen cervesa com tu i com jo perquè s'enduen entrepans a la platja i dinen plegats. Què més?, va deixar anar com una metralladora. Ah sí! Les drogues. Potser algú, en pondre's el sol, es fuma un porro. L'Iñaki ho fa, no ho nego, jo també ho havia fet, encara que a tu et molesti, va afegir-hi. El Pep va contraatacar, cec d'ira. Tant se me'n dóna la feina que tinguin i les peles que guanyin, no tenen moral, no tenen ètica i la Bàrbara és una dona encara que no ho sàpiga i que tu no ho vulguis veure. És que no tens ulls a la cara? Ells sí, i bé que la repassen de dalt a baix i potser li fan fotos i tot. No vull que la meva filla vagi a una platja plena de gent desagradable que ho ensenya tot ni que navegui sola en companyia d'un home en pilotes que es droga i que se la mira massa. No me'n refio! La Núria Solís va haver-se de seure i ventar-se de la vergonya que li pujava pel rostre. Era massa fort per aguantar a peu dret el xàfec d'acusacions que li queien a sobre a ella i només a ella perquè l'home degenerat i sense ètica, l'Iñaki, era el seu cunyat i l'Elisabet, la dona desagradable i que ho ensenyava tot, la seva germana. Gairebé els únics parents que tenien, perquè el Pep no es parlava amb els seus pares ni amb el seu germà des de feia anys. L'havien tractat molt malament, deia, i ell havia decidit fer net i allunyar-se'n. I ara pretenia fer el mateix amb la seva família? Això sí que no, li va exigir sobtadament envalentida. Demana'm perdó per dir aquestes bestieses de l'Iñaki. No ho faré, es va enrocar el Pep. L'Iñaki no és qui et penses, jo he vist com es mira la meva filla i et puc assegurar que no la veu com una nena. La Núria Solís acabava d'enterrar la mare feia tot just quatre mesos, però el tràngol d'aquell vespre va ser molt pitjor. Va ser el primer llamp que anunciava una tempesta llarga, l'adolescència de la Bàrbara, i les profundes diferències de criteri amb el seu home. L'escàndol va tenir un final molt desagradable. Bàrbara!, va cridar el Pep. Vine aquí immediatament! La Bàrbara, esporuguida pel to de veu autoritari del pare, es va presentar sense piular. I llavors el Pep va fer una cosa que ella recordarà sempre. Va agafar la camisa de dormir de la Bàrbara, la hi va estripar de dalt a baix, violentament, i va deixar al descobert els seus pitets morens i el seu pubis ombrejat. Tota ella bronzejada de dalt a baix, sense cap marca de banyador enlloc. Mira-te-la bé! La veus ara? Te n'adones? La Bàrbara es va tapar avergonyida i va esclatar a plorar, no li costava gaire. Tothom anava despullat, jo era l'única i em feia ràbia. Somicava. Quantes vegades vas sortir a navegar tota sola amb l'Iñaki?, va interrogar-la amb agror el Pep. No ho sé, no me'n recordo, va gemegar la Bàrbara sense saber ben bé cap a on anaven els trets ni quin era el delicte del qual se l'acusava. Posa't una altra camisa i vés-te'n al llit, va ordenar el Pep, després de la seva actuació estel·lar, apoteòsica.

La Núria aquella nit va tirar la tovallola i va reconèixer que potser no s'hi veia prou bé. Que desenfocava les coses i que tal vegada el Pep, molt més paranoic, era el contrapunt a la seva ceguesa. Mai no va creure que les sortides en veler amb l'Iñaki estiguessin tenyides de morbositat, però veure la Bàrbara despullada al mig del menjador, amb aquella camisa blanca estripada i l'estranyesa als ulls, color mel, li va permetre visualitzar una estampa d'erotisme que encaterina els pervertits. Tan tendra, tan bonica, tan ingènuament dona sense saber-ho.

Va plorar tota sola, al sofà. Va dormir tota sola, al sofà. I el matí següent, amb els ulls vermells i la decisió presa, va dir al Pep que la Bàrbara no aniria cap estiu més al Nord, però que no trencarien les relacions amb la seva germana i el seu cunyat en cap concepte. Ella ja s'empescaria l'excusa que fos i procuraria que sonés natural. Però era l'única família que tenia i no la volia perdre. El que va venir després, però, va ser molt pitjor. Va ser la confirmació que les coses amb la Bàrbara anaven tortes i que ella no tenia coratge per redreçar-les.

Va succeir la primavera següent, quan va decidir comunicar a l'Elisabet que la Bàrbara no passaria les vacances amb ells. Havia anat endarrerint el moment perquè no es veia amb cor de mentir. No sabia com s'agafarien la versió que s'havia empescat sobre la necessitat de la Bàrbara d'estar amb els pares i els germans i no volia entrar en detalls ni ser grollera. Efectivament, l'Elisabet, en saber que tenien altres plans per a la Bàrbara, s'ho va agafar fatal i es va encallar en una frase enigmàtica. Si ho dius per allò que va passar, ja ho hem oblidat. Què va passar?, va preguntar, aleshores la Núria, sobtadament encuriosida. Au, dona, que ens coneixem, va respondre l'Elisabet, picada. Saps perfectament de què et parlo. No, no sé de què em parles, va deixar molt clar la Núria. Us ho ha dit la Bàrbara, oi? La Bàrbara no ens ha dit res, va reafirmar-se la Núria, definitivament intrigada. I per què heu canviat d'opinió?, va fer l'Elisabet. La Núria va posar-se nerviosa. No sé de què estàs parlant, Elisabet, fes el favor de ser més clara. De debò que no us ha dit res la Bàrbara? De debò. Doncs així no cal que us digui res. I aleshores va ser la Núria qui va esclatar: Fes el favor de dir-me què va passar! Està bé, va transigir la seva germana fent-se la desmenjada, com si l'obligués a dir coses que no desitjava sentir. Però d'això ja fa temps i potser no calgui treure les coses de polleguera. Elisabet, explica i no t'excusis més! L'Elisabet va parlar amb una veu prima i pudorosa. Una nit fa quatre anys, quan la Bàrbara en tenia nou, acabàvem d'arribar de navegar i estàvem cansats. L'Iñaki es va dutxar abans que jo i es va ficar al llit. Jo em pensava que la Bàrbara ja estava adormida i em vaig rentar el cap tranquil·lament; en sortir de la dutxa, però, em vaig quedar garratibada. La Bàrbara s'havia ficat al nostre llit i estava, estava... Estava què?, va voler saber la Núria Solís, angoixada. Estava fent coses estranyes, va dir l'Elisabet amb un filet de veu adonant-se de sobte que no sabia com explicar el que va veure. Quines coses estranyes? Parla clar, Elisabet; si no parles clar, no ens entendrem, va exigir la Núria. Recorda que a l'Elisabet li va costar dir-ho perquè no trobava les paraules, però les va trobar. Estava seduint l'Iñaki. Què?, va cridar. Com pot una nena de nou anys seduir un home adult? T'has tornat boja? L'Elisabet des de l'altra banda li demanava calma. Si us plau, tranquil·litza't. M'has preguntat i jo he provat de respondre't. Què feia exactament?, va preguntar la Núria Solís a punt de l'ofec. Què deia? A l'Elisabet se li trencava la veu. Deia que l'estimava molt i el tocava. A la Núria Solís li van tremolar les cames aquell dia. Es va haver d'asseure. A veure, m'estàs dient que una nena que s'abraça al seu oncle i que diu que l'estima molt l'està seduint? Sí, va afirmar rotundament l'Elisabet. Tu no la vas veure, va afegir deixant clar que no pensava donar-ne més detalls, però que allò que van veure els seus ulls era intraduïble en paraules. La Núria va empassar-se saliva i va gosar preguntar: I l'Iñaki què feia? L'Iñaki li agafava la mà i li deia que no, que això no es feia. La Núria Solís es va quedar atuïda sense saber què pensar, a qui creure, què imaginar-se. Va imaginar-se moltes escenes sòrdides i les va esborrar de seguida del cap. No és veritat!, va dir de seguida. No és veritat el que em dius. L'Elisabet es defensava. No ho va fer mai més, t'ho juro, ho devia haver vist en alguna pel·lícula, devia haver malentès com s'estima a algú, ja saps, sexe per amor, una confusió. No hi vam donar cap importància, de debò. I per què no m'ho vau dir? I per què no m'ho va dir ella? Per això mateix, es va defensar l'Elisabet, per no donar-hi més importància, perquè no es fes un problema d'un no res. Un no res?, va esclatar la Núria Solís. En què quedem? L'Elisabet estava contra les cordes i va acabar de cantar. Vam estar-nos plantejant si calia explicar-vos-ho i dur-la a un psicòleg, però vam valorar que no, que no volíem amoïnar-vos ni crear-li culpabilitat. Era una nena. La Núria recorda que dies després mirava la Bàrbara amb uns altres ulls, esporuguida, perquè les paraules de l'Elisabet li estaven enverinant els pensaments i li feien veure una dona sota la pell de la seva filla. Una dona estranya, distant, sensual, que li amagava coses, que tenia secrets que ella desconeixia. S'hi va obsessionar fins al punt que va tenir por de perdre l'oremus i embogir. En comptes de la Bàrbara hi veia un monstre. Fins que va dir prou i es va convèncer que no era veritat i que l'Elisabet s'ho havia inventat com a revenja. Va mentalitzar-se que no havia sentit mai les paraules de l'Elisabet i que la història fosca que la seva germana li va relatar a mitges i que ella no havia vist, no va existir. Es va alegrar de la decisió encertada del Pep de tallar les relacions de la Bàrbara amb els Zuloaga i no ho va parlar mai amb ningú, ni tan sols amb el sotsinspector Lozano. Tanmateix, encara a hores d'ara, no ho ha pogut assimilar. Com tantes i tantes coses.

La Núria Solís s'eixuga el cos amb la tovallola fins que la pell envermelleix. Quan recorda aquests episodis del passat s'irrita tant que desitja fer-se mal. Una vegada, per pura desesperació, es va donar un cop de cap contra la paret. Hauria continuat si no hagués estat perquè el Pep la va aturar. Ets boja? Vols matar-te?

La mort deu ser dolça, pensa de vegades.

18. Bàrbara Molina

El mòbil em crema a les mans. No sé què fer-ne. He eliminat la trucada de l'Eva, ja no existeix, i quan arribi li diré, té, t'has deixat el mòbil, però no pateixis, no he pogut trucar perquè no hi ha cobertura. Prova-ho tu mateix, si vols. No val la pena, penso tot seguit, no val la pena dir mentides. No sé què passa allà fora, no sé amb qui parla, el que controla i el que no. Només sé que estic a les seves mans i que quan torni ho endevinarà tot i em matarà.

Ja no tinc gana, ara sento basques i se'm regira l'estómac en pensar el que em caurà al damunt. Sé que és la por de morir. I sé també que l'única manera de superar-la és mirant-la cara a cara i aixecant el cap, com els condemnats a la guillotina que pujaven al cadafal i abans de perdre el cap cridaven «*Vive la France!*». El Jesús deia que de vegades els caps rodolaven cap a la cistella parlant i que això era perquè la sang encara circulava i permetia que les ordres que havia donat el cervell s'executessin. La guillotina sempre m'ha fet angúnia, tot i que diuen que és un invent modern, molt humanitari, perquè proporciona una mort dolça i ràpida. Això, és clar, és una afirmació teòrica, ho comenten els qui no han mort i ho diuen d'orella, sense haver demanat mai l'opinió a un cadàver esbocinat. Com és la mort? Ha estat rapideta? Ha patit gaire? Vés a saber si els ulls continuen veient i el cervell continua pensant i si no fa mal o fa un que t'hi cagues. Tinc una esgarrifança. Aquí no hi ha destrals ni guillotines que em puguin separar el cap del tronc. Millor. Ell em matarà amb el revòlver tal com va matar el Bruc davant meu. Mira, ara veuràs el que et pot passar si et fas la llesta... I pel seu to de veu vaig endevinar que anava de debò. No vaig poder abraçar el Bruc per darrera vegada. Ell tampoc no s'ensumava el que li passaria uns segons després, perquè recordo que li va llepar la mà i va remenar la cua. Vaig sentir el tret amb els ulls tancats i no vaig plorar, però li vaig demanar que se l'endugués, que no el volia veure mort. Vaig netejar la seva sang de terra, guardant la seva darrera imatge ben endins i acomiadant-me'n en silenci, sense escarafalls. Ho va fer per demostrar-me que em podia matar com un gos si calia, que sabia disparar i que el revòlver, un Smith & Wesson 38, era de debò. Potser les bales em faran més mal, però no em faran tanta angúnia. Els comdemnats a ser afusellats també miren cap als canons que els apunten i alguns fins i tot demanen de treure's la bena i criden alguna cosa bonica abans de morir. Jo no tindré una mort com les que va immortalitzar Goya. No moriré ni per la Independència, ni per la República ni per la llibertat. La meva serà una mort inútil.

Doncs bé, em dic, si faci el que faci moriré, abans em venjaré d'ell. I sento com les punxades de l'estómac es relaxen i deixen de turmentar-me. He tingut una bona idea. Jugaré amb ell. Ell també en té, de por, li ho llegeixo als ulls de vegades. Em miro el mòbil, sobtadament reviscolada. Li amagaré el mòbil i el faré patir fins que el trobi. Fred, congelat, fred, tebi, ui, un altre cop fred. Calent. Que et cremes! Sí, penso. Veure'l de quatre grapes fent el ridícul i fent tentines amb la mà bruta sota el llit serà la meva venjança. Així riuré una mica abans d'anar-me'n a l'altre barri. I de sobte se m'acut una idea millor. Ja ho tinc! Em marcaré un farol i diré que he trucat a la policia, que els ho he explicat tot i que arribaran d'un moment a l'altre. I a cada moment pararé l'orella i faré veure que sento alguna cosa i li xiuxiuejaré: Quina llàstima, és massa tard, t'han enxampat. Ara sí que ho tens fotut. Després de matar-me a mi, t'hauràs de clavar un tret. Això funciona, m'ha funcionat sempre. Mirar-lo als ulls i dir-li: No em fa por morir. Però tant és. Sospiro. Ell trobarà la manera d'esguerrar-me els darrers moments i d'amargar-me la mort. És així de podrit. Sempre ho ha estat.

Deixo el mòbil damunt del llit, decebuda. M'he desinflat. No paga la pena trencar-me el cap. Sóc a les seves mans i no tinc escapatòria. Per això no vaig obrir la boca, perquè és un fals disfressat de bona persona i se les sap totes. La mama, per exemple, no m'hauria cregut ni mitja paraula i vaig decidir que no valia la pena explicar-li-ho perquè ho empitjoraria tot. Abans, però, la vaig posar a prova. Li vaig deixar descobrir coses i, tal com m'imaginava, es va fer la boja i va mirar cap a una altra banda. Era covarda i no podia refiar-me d'ella. Va trobar-me les pastilles. Era tan idiota per pensar que eren al damunt de la tauleta per casualitat? No. Li ho estava posant en safata de plata perquè se n'adonés. Però qui no vol veure no mira. Tampoc no em va mirar massa el dia que em va veure el cos ple de blaus i les ferides als braços que m'havia fet perquè m'aplacaven el dolor que sentia. Aquella tarda vaig deixar la porta del bany oberta perquè hi entrés per casualitat. La mama es va esverar però no va arribar fins al final. Va fer veure que s'empassava el primer que li vaig engegar, que havia caigut amb una moto, i no va insistir-hi gaire tot i que la bola era tan grossa que no se l'haurien cregut ni els bessons. Era covarda. No em va fer costat ni va voler adonar-se del que havia passat aquell estiu. I jo, doblement fumuda. Pel meu secret, pel meu desconcert i per la indiferència dels que m'envoltaven.

Jo mai no havia sabut que aquella mena de carícies que ell em feia no eren correctes. Per a mi eren tan naturals com una abraçada, un petó o una encaixada de mans. Jo era una nena i ell era un adult. Els adults, per naturalesa, sabien el que es feien, i ens ensenyaven a nosaltres, els nens i les nenes, el que estava bé i el que estava malament. Ell em va dir que eren una mostra del seu amor per mi, un joc nostre, un moment que només ell i jo compartíem en secret. Era el nostre secret i no podia xerrar-lo amb ningú. De vegades no m'agradava el que em feia i aleshores tancava els ulls i pensava en altres coses. Pensava que estava jugant amb l'Eva o dins d'un somni. Fins que a l'escola ens van parlar de sexe i els nois van començar a explicar acudits i les amigues em van fer confidències i les revistes i les fotografies corrien de mà en mà. Aleshores va ser quan vaig començar a adonar-me que allò no estava bé i vaig començar a sentir-me malament i a defugir-lo quan s'acostava. Em tancava a la dutxa, posava una cadira a l'habitació i quan em cridava al seu costat o volia estar amb mi tota sola m'empescava una excusa. Jugàvem al gat i a la rata i de vegades havia de dissimular perquè no s'enfadés. Però o bé va intuir que jo estava feta un embolic o bé ell mateix va quedar-se astorat en veure d'un any per l'altre que ja no era una nena. I tot de sobte ens vam allunyar. Va deixar d'interessar-se per mi i em va doldre perquè va deixar d'estimar-me com abans. Ja no somreia en mirar-me, ja no volia estar amb mi, ja no m'afalagava, ja no em comprava gelats ni m'explicava acudits ni deia que era llesta i maca. Vaig deixar de ser la nineta dels seus ulls, la seva nena.

La primera vegada que va fer servir la força em va agafar desprevinguda. No m'ho esperava. Va ser tan sobtat que em va costar fer-me la idea del que havia passat, i les conseqüències, i el que vindria després. Va ser l'estiu que tenia catorze anys. Un estiu llarg i avorrit amb moltes hores per omplir. Els meus amics eren fora, l'Eva havia anat de colònies i a mi no m'havien deixat. Per això, la proposta del viatge va ser una bafarada d'aire fresc. Tots dos sols, un parell de dies, en cotxe. M'ho va dir la mama i no m'ho podia creure. Estàs segura que ha estat idea del papa? La mama estava molt contenta d'aquella proposta impensada. Li feia tanta il·lusió com a mi perquè a ella li agradava veure la família unida. Jo li faria com d'ajudant, de copilot o vés a saber. Ell tenia un compromís de feina al Sud i jo no tenia classes ni obligacions, així que sortiria de Barcelona i trencaria la rutina de barallar-me amb els bessons i de veure la tele. Vam anar per la costa de Llevant, cap a Granada, tots dos sols. Em sembla recordar que a la nit l'aire feia olor de gessamí i el vent cremava. Teníem bon rotllo, vam menjar gaspatxo i peixet fregit en un *chiringuito* d'Almeria i em va dur a una platja preciosa, una platja nudista de sorra blanca al cap de Gata. Ens vam banyar junts al mar i em va fer fotografies. Aquella nit em va prometre que l'endemà ens allotjaríem a Granada i aniríem a veure l'Alhambra i els jardins del Generalife. A l'hotel ens van donar l'habitació que teníem reservada per a tots dos i vaig enxampar el recepcionista picant l'ullet al noi de les maletes. Em vaig emocionar perquè potser s'havien cregut que jo era la seva nòvia. I vaig riure de la confusió. La resta de detalls no els recordo bé. No sabria dir si l'habitació era gran o petita, si era blanca o estava empaperada de flors, si tenia tauleta o sofà. Potser ho he esborrat de la memòria perquè hi ha hagut tantes nits que ja no sé quina va ser la primera. Jo dormia i de sobte vaig notar un pes al llit, al meu costat, i les seves mans damunt meu. No diguis res. T'estimo molt. Sé que em vaig espantar perquè en intentar escapolirme les seves mans es van crispar i em van engrapar amb violència. Sé que em vaig quedar rígida, sé que somicava i plorava perquè no volia. No ploris, és molt bonic, ja veuràs. Em va fer mal i el llit va quedar tacat de sang. L'endemà jo no gosava mirar-lo i no sabia si havia tingut un malson o si m'ho havia inventat, però en aixecar el llençol i veure la taca de sang ell també va empal·lidir. Digues que t'ha vingut la regla, va ordenar secament, com si no hagués passat res.

Em vaig ficar a la dutxa i m'hi vaig estar hores. Em sentia bruta, molt bruta, i com més em rentava més bruta em sentia. Pensava que tothom se n'adonaria, que ho duia escrit a la cara, que només sortir de l'habitació m'assenyalarien amb el dit i em dirien dolenta, dolenta. Però no se'n va adonar ningú i ell em va fer jurar que no ho explicaria mai perquè ningú no em creuria. I jo no vaig dir res perquè vaig creure que no tornaria a passar i perquè volia oblidar-ho. Tant de bo hagués parlat, tant de bo ho hagués esbombat als quatre vents. Ara no seria aquí dins esperant la bala que haurà de posar fi al que va començar una nit a Almeria.

No he vist mai l'Alhambra i moriré sense conèixer-la. Tant em fa.

19. Eva Carrasco

L'Eva baixa el carrer Muntaner a corre-cuita. No sap ben bé on va, però cada cop està més irritable, més neguitosa. L'emprenya veure davant seu un buldog que s'eixarranca al mig de la vorera i fa les seves necessitats. El porta de la cadena una dona elegant amb una trenca color crema que simula mirar cap a una altra banda. Un cop el gos ha acabat, la dona no s'ajup a recollir els excrements i continua passejant el buldog, impassible. Els sobrepassa per no tenir-los al davant i mira lluny, cap al mar invisible que s'intueix al fons de la boirina de Barcelona, i es pregunta què deu estar fent el pare de la Bàrbara. Té por que hagi fet una bestiesa. I de sobte s'adona que a més de patir pel que pugui passar-li al Martí Borràs no es resigna a quedar-se al marge. La Bàrbara li ha trucat a ella, l'ha triat a ella i no pot deixar-la tirada un altre cop. No n'hi ha prou d'advertir el Pep Molina que no es precipiti i que no faci cas de la seva informació equivocada. L'Eva vol ser-hi quan la trobin, perquè necessita fer alguna cosa per treure's el mal rotllo que arrossega des de fa quatre anys i perquè la Bàrbara li ha demanat clarament «ajuda'm».

S'asserena una mica, s'atura i treu el mòbil de la bossa, però no li agrada fer trucades des del carrer. Entra en un bar, demana un tallat i s'asseu en una taula de marbre al costat de la finestra. Marca amb cura, a poc a poc, número a número, per no equivocar-se, sempre li fa la sensació que s'equivoca de número. Si més no, els bessons deuen ser a casa, es diu per donar-se ànims mentre sent el primer cop de timbre. Sona el segon timbre, el tercer, es desanima i qui sap si saltarà un altre cop el contestador, però no. Digui? És la veu de la Núria Solís, la mare de la Bàrbara. Sona un pèl més fresca, com si l'hagués rentada. Hola, sóc l'Eva. Uns instants de sorpresa i la veu li respon. Hola, Eva, que t'has deixat res? L'Eva quequeja i està temptada de dir-li que sí, que s'ha deixat d'explicar-li que la seva filla és viva. Però calla i en comptes de donar-li la notícia pregunta pel pare. Hi és el Pep? La veu sembla decebuda, s'adona que és només un tràmit, un pont entre el pare i l'amiga. No, ha sortit per feina, respon la mare. L'Eva intenta que tot sigui natural. Que em podries donar el seu mòbil? És que he de parlar amb ell d'una cosa. Sona fatal. Potser fins i tot queda lleig, hauria d'haver pensat en alguna excusa.

Tanmateix, la Núria Solís no pregunta. Ja està acostumada a percebre misteris i silencis al voltant seu i a seure en taules on no ha estat convidada. Un moment, perdona, és que no me'l sé de memòria, diu disculpant-se. I l'Eva obre ràpidament la bossa i hi troba un bolígraf, però no té cap paper, només l'agenda i no vol potinejar-la més. Un noi amb la cara granelluda li duu, un tallat fosc i amb massa cafè per al seu gust, i ella li fa un gest amb el boli demanant-li un paper per apuntar. El noi fa com si no l'entengués. Sembla estúpid. Un paper, tens un tros de paper?, li pregunta explícitament. Des del telèfon la veu de la mare de la Bàrbara li parla. Ja el tinc, prens nota? Un moment, demana l'Eva atrafegada. S'ha aixecat i ella mateixa ha agafat un tovalló de paper de la taula del costat. Es torna a asseure ràpidament. Sí, ja, digues. I la veu de la mare de la Bàrbara li dicta un número lentament, com si li costés llegir, com si no hi estigués acostumada. Mentre l'Eva l'apunta, pensa que li resulta familiar, que potser ja el tenia. Pots repetir-lo?, li demana per assegurar-se'n. I la segona vegada que la Núria Solís va cantant el número l'Eva nota com li roda el cap fins que, de sobte, fa un crit, obre la bossa matusserament i li cau el mòbil a terra. Obre la seva agenda i busca neguitosa la pàgina on ha apuntat el mòbil des del qual li ha trucat la Bàrbara. No pot ser, es diu comparant un número amb l'altre. M'he equivocat. No pot ser. És impossible. Però tots els números coincideixen. Eva! Eva! Estàs bé?, se sent llunyana la veu de la Núria Solís, que s'ha esverat en sentir el seu crit i el cop del mòbil que ha rebotat contra el terra, i potser pensa que anava pel carrer i ha tingut un accident. L'Eva s'ajup i agafa el mòbil de sota la cadira i li prega amb la veu trencada: Torna'm a dir el número de mòbil del Pep, si us plau. Mentre comprova un a un que els números siguin efectivament els mateixos nota com la sang li baixa als peus i el rostre se li esblanqueeix. Se sent fluixa i és a punt de desmaiar-se. Ara no, ara no puc perdre el sentit, es repeteix. I nota com la sang torna a fluir de mica en mica i es refà just per cridar esverada. La Bàrbara m'ha trucat des d'aquest mòbil aquest matí!

La frase li ha sortit sola. No ha pogut reprimir-se. No ha sabut callar-ho. És massa fort per guardar-s'ho. I de seguida, en imaginar-se l'estupor de la Núria Solís, hi afegeix: No et moguis, vinc de seguida! Sobretot no et moguis!, insisteix. S'aixeca i surt sense tastar el tallat. Ja a la porta es gira un moment, es treu un euro de la bossa, el llança cap al noi granellut i curt de gambals i surt esperitada. No té ulls al clatell, però està segura que el noi no ha agafat la moneda, no té prou reflexos.

TERCERA PART

El mal de Molière

20. Núria Solís

A la Núria Solís li retrona el cap. La Bàrbara és viva, la Bàrbara és viva, la Bàrbara és viva. I vol cridar i vol saltar i vol riure i vol trucar al Pep per explicar-li que la filla és viva, fins que s'atura i repeteix incrèdula la segona part del missatge de l'Eva. La Bàrbara ha trucat des del mòbil del Pep. I al començament no ho entén. No ho pot comprendre, no pot abastar la complexitat de la interpretació d'aquestes paraules aparentment senzilles. No té les claus per desencriptar aquesta darrera informació. Des del mòbil del Pep? Com ha arribat el mòbil del Pep a mans de la Bàrbara?, es pregunta descol·locada. On és la Bàrbara? On és el Pep? Quin fil els uneix? És una broma? El Pep ha trobat la Bàrbara i no li ho ha dit? I per què la Bàrbara ha trucat a l'Eva en comptes de trucar-li a ella? Com es menja? No aconsegueix lligar caps i durant uns instants és a punt d'embogir fins que de sobte, com si s'electrocutés tocada per un llamp, té una il·luminació tràgica. El Pep, el Pep, el Pep! S'agafa el cap amb totes dues mans i malda per arrencar-se'l. Voldria arrencar-se el cap, els ulls, les orelles. La seva vida sencera s'ha ensorrat en un segon. Sobtadament, tot s'ha capgirat.

No pot respirar, s'ofega, l'aire no li arriba al pit, es duu la mà al coll i sent la vena bategant descontrolada. No pot ser, no pot ser, es repeteix incrèdula.

Però és.

De cop i volta tot pren sentit i de mica en mica va encenent el llum dels records i va il·luminant els racons foscos. Ha estat cega i sorda i no ha volgut veure el que tenia al davant. Un Trankimezin, necessito un Trankimezin, es diu tremolosa corrent cap a la cambra de bany, ensopegant amb la paret i remenant la farmaciola. I el mirall li retorna la imatge d'una dona esporuguida que necessita una pastilla per assumir que ha estat covarda i que no sap encaixar la veritat. Es deixa caure damunt la tassa del vàter, abatuda, i plora. Recorda la tristesa d'aquell estiu de la Bàrbara en tornar del viatge a Granada amb Ell, el seu silenci, el seu mutisme, els anticonceptius deixats davant dels seus nassos, la seva obsessió per rentar-se, les portes tancades i els exabruptes, els «tu no ho pots entendre, mama», i les seves ferides als braços, els blaus arreu del cos, i les seves notes. I s'arrenca un grapat de cabells sacsejada pel plor.

Recorda la gelosia del Pep i la seva obsessió pel cos de la Bàrbara, per l'ànima de la Bàrbara, per la Bàrbara. La miren, la toquen, la volen, la desitgen, me la prendran, és meva! Sent impotència i veu unes tisoretes damunt de la pica i ella també té l'instint de clavar-se-les ben fondes per esmorteir el dolor que sent endins. Com va fer la Bàrbara. La Bàrbara! La Bàrbara és viva i la necessita, li xiuxiueja la seva consciencia. Però jo no puc ajudar-la, li espeta la Núria foragitant-la com fa amb els malsons. És massa tard. És una despulla i ja no serveix per res. Li ha fallat sempre. La va perdre de nena, quan van néixer els bessons. Em casaré amb el papa quan sigui gran, deia la Bàrbara i ella reia, embadocada. Vull que em banyi el papa, cridava la Bàrbara als vespres. El papa i jo tenim molts secrets i no te'ls diré mai, esbombava la Bàrbara nena. Les ungles se li van clavant a la carn mentre recorda i recorda. Recorda tornar del torn de nit, cansada, i trobar-la al llit, adormida al seu costat. Tenies por? Oi que sí, poruga, més que poruga, interpretava ella estúpidament. Deixa'm estar! No t'importo gens! T'és igual el que senti!, li va retreure anys més tard abans de fugir. I ella no ho entenia. No ho va entendre mai. Va ser una idiota complaent, una idiota covarda, una idiota anul·lada per ell. Per què se n'ha anat?, es repetia un i mil cops. Què li he fet? Què li ha faltat? Què no he sabut donar-li?, s'ha preguntat al llarg d'aquests quatre anys. I ara, de cop, la pregunta és encara més aterridora. Per què no la vaig protegir?

Des de quan, Bàrbara? Per què no m'ho deies, nena? Per què no em demanaves ajuda? Calla, Núria. Vés-te'n, Núria. No t'hi fiquis, Núria. No siguis ridícula, Núria. No en saps, Núria. Ets un desastre, Núria. Em fas pena, Núria. Tu t'has vist, Núria? Ets patètica, Núria. Deixa-ho estar, Núria. Seu, Núria. Dorm, Núria. Surt del mig, Núria. Em fas fàstic, Núria. Estàs malalta, Núria. Ets una histèrica, Núria. Ets idiota, Núria.

Bàrbara, ho sento!, gemega en silenci, enfonsada, incapaç de reaccionar, d'aixecar-se, de pensar. Només sap que necessita prendre alguna pastilla. Agafa un pot a l'atzar, sense mirar l'etiqueta, per a què? El dolor que sent és tan punyent que el necessita sencer. Se les prendrà totes, fins que deixi de patir. I la proximitat de la pau la tranquil·litza. Destapa el pot amb frisança, se l'acosta a la boca, gira el cap enrere, s'omple la boca de pastilles i sap que d'aquí a uns instants l'angoixa fugirà per sempre. Però té la gola seca i no pot engolir. S'ennuega, s'ofega, té espasmes i una arcada li puja gola amunt i les vomita. Ara la imatge del mirall és la d'una dona amb la cara blava, xopa de suor, els cabells enganxats al front, els llavis ressecs i les conques dels ulls ennegrides. I s'esgarrifa mentre aixeca el cap a poc a poc, astorada. Qui és aquesta dona que em mira?, es pregunta de sobte. Qui sóc jo? Com em dic? On és la Núria Solís? On és la noia riallera, la dona emprenedora, la mare que somia? On és?

Passen els segons, o els minuts, o les hores. Passa el temps, inexorable, mentre ella roman muda i immòbil radiografiant el reflex d'aquella dona forastera que hi ha davant seu i escorcollant els ulls buits que la miren sense veure-la. No la reconeix. No sap qui és. Fins que la visió s'enterboleix i li sembla entreveure els ulls de la Bàrbara, el nas de la Bàrbara, la boca de la Bàrbara. Bàrbara!, crida desaforadament colpejant el mirall amb tanta força que es trenca. Els bocins s'escampen per la pica, per les rajoles del bany i la seva fesomia s'esmicola i desapareix. No te'n vagis, Bàrbara! Torna!, crida forassenyada.

Mama! Mama! Et passa res? La Núria Solís es queda paralitzada. Mama!, t'has fet mal? Els reconeix. Reconeix les veus. Són els bessons, que s'han esverat en sentir la trencadissa i els seus crits. La Núria es queda tensa, sobtadament a l'aguait, com un felí abans de saltar. Respira agitada, sense reaccionar. Mama! Mama! La Núria els sent i s'adona que la criden des del món real. I les seves veus l'arrosseguen. Mama! Vols que cridem un metge?

La Núria, marejada, s'aixeca amb dificultats i s'adona que s'ha trencat el mirall, que és al bany, que era a punt de fer una bestiesa i que els seus fills estan espantats. No és res! S'ha trencat el mirall, però no m'he fet mal, respon amb una veu que la sorprèn. És la seva veu i se li fa estranya. En sentir-la, es queda admirada. Controla la seva veu i les coses que diu. Sap que cal preservar-los, que no poden veure-la en aquest estat perquè són fràgils. I de mica en mica comença a adonar-se que existeix. De seguida surto, no patiu, afegeix. La Bàrbara també és viva, com els bessons, pensa. És viva, es repeteix incrèdula. Viva. La Bàrbara és viva i necessita una mare viva.

La Núria Solís ha tocat fons. Podria haver-s'hi quedat perquè resulta còmode arraulir-se al fons del pou, dins la foscor, i conformar-se a la immobilitat. Però no vol i s'obliga a moure els dits, les parpelles, els braços, les cames. No sap com però ha retrobat la voluntat. La seva voluntat, la voluntat de ferro que de jove l'empenyia a pujar muntanyes i a grimpar paret amunt. La voluntat que l'Elisabet li envejava. La voluntat que va enamorar el Pep quan es van conèixer i que creia perduda. Ara m'aixecaré, es diu voluntariosament, em rentaré la cara, tranquil·litzaré els bessons, em vestiré i sortiré a buscar la Bàrbara. I la seva voluntat rovellada es posa en marxa com un engranatge antic, en desús. S'aixeca lentament i es renta la cara amb aigua freda, ben freda, i s'eixuga les gotes que li regalimen coll avall amb la tovallola. Pren aire un cop, dos, i aleshores agafa la capsa del Diazepan i del Trankimezin i del Valium i dels antidepressius i de totes les merdes que ha pres durant aquests quatre anys i les va buidant escrupolosament a la tassa del vàter. Les càpsules de coloraines queden surant, amuntegant-se les unes damunt les altres. I quan estira la cadena i l'aigua les xucla canonada avall és com si estirés la cadena de la seva vida i comencés a alliberar-se d'ell. Pren-te les pastilles, pren-te-les, són pel teu bé. Ell la volia així, inútil, submisa i acabada. Ell li va tallar les ales, li va polvoritzar l'autoestima, la va anar corcant fins a destruir-li l'anima. No en té, d'ànima, és una dona buida, una carcassa, un fantasma. Li fallen les forces i no gosa obrir el pany de la porta per enfrontar-se amb la mirada dels fills. Vinga, es diu. Ara et toca pensar, decidir, actuar.

La Núria Solís ha retrobat la seva voluntat, però s'adona que és una voluntat afeblida, malalta, perquè ell la hi va grapejar massa. No, es diu. No, no en sé, no puc, ja no sé què és tenir desitjos, somnis, reptes, compromisos. I busca desesperadament dins seu el motor que la farà rutllar sense defallir. Vol desfer-se d'ell, del seu maltractament, de les seves desautoritzacions, de les seves manipulacions grolleres. Li cal desesperadament un motiu per recuperar la fe en ella mateixa. Té poc temps i ha de despertar del malson, sortir a la vida, caminar tota sola i enfrontar-s'hi sense por. I el troba. I s'hi aferra amb força.

La Bàrbara és viva, es diu de sobte, la seva nena és viva i la necessita.

21. Bàrbara Molina

Diuen que a Maria Antonieta, la reina de França que es van carregar els *enfants de la Patrie,* els cabells se li van tornar blancs en una nit. També diuen que en el moment de morir la vida passa tota sencera davant dels ulls, com una pel·lícula en càmera ràpida. No em veig els cabells, no tinc miralls, però és possible que siguin blancs des de fa temps. I els tràilers de la pel·lícula de la meva vida que jo havia censurat, també els veig, encara que no vulgui. Deu ser que la mort s'acosta.

Aquell Nadal va tornar a passar. En plenes festes, amb la família al voltant, amb l'arbre ple de llumetes i paquetets embolicats en paper de coloraines. Al dinar va beure, ho vaig notar. Va menjar poc i va beure molt. I em mirava a mi i a l'oncle Iñaki, ara l'un i ara l'altre, i li deia: Oi que està maca, la Bàrbara? I l'Iñaki feia que sí, que ja era tota una dona. Havia begut molt i li pudia l'alè. I quan ja se n'havia anat tothom i la mama es va acomiadar perquè havia de treballar, vaig tenir un pressentiment. Avui també has d'anar a la feina? Sí, maca, quin remei, si sabessis les ganes que en tinc... Era un mal averany. Em va enxampar pel passadís, abans que em fiqués a l'habitació i em tanqués amb clau. Em va arrossegar cap a la seva habitació, que quedava més aïllada i lluny d'on dormien els bessons. Què has fet amb el Martí Borràs?, em va etzibar llançant-me contra la paret. Què t'has deixat fer? No sé com coneixia el seu nom ni com sabia que a mi m'agradava i que ens vèiem, però estava al cas de tot. I amb el Jesús López? Et creus que em mamo el dit, jo? Vols que et digui el que ets? Vols que t'ho digui? Perquè tinc ulls a la cara i he estat veient com coquetejaves amb l'Iñaki. També te l'has tirat, l'Iñaki? I se'm va abraonar al damunt i com que m'hi vaig negar i li vaig dir que no volia i li vaig suplicar que em deixés em va pegar, em va pegar tant que vaig perdre el coneixement i em vaig despertar adolorida i macada al meu llit. Tenia el cos ple de blaus. Tanmateix, ell ja m'havia rentat, m'havia posat iode, m'havia cobert el cos de Tantum i em va despertar amb una infusió. Estava plorós i desesperat. Ho sento, em deia, ho sento molt, bonica, no volia fer-te mal, però he perdut el cap. Si la mama ho sabés em denunciaria, i em ficarien a la presó i ella no t'ho perdonaria mai. Tu no vols fer malbé la família. Oi que no ho vols, això? I es va ensorrar, penedit, tan acabat que vaig sentir pena per ell i vaig callar, atuïda, confosa.

Un mes després, quan jo m'havia mig recuperat i estava confiada, va esperar que se n'anés la mama i que els bessons fossin al llit i va posar el peu a la meva porta abans que jo la pogués tancar. Jo estava esparverada. Bàrbara, bonica, no vull portes tancades en aquesta casa. No veus que encara tinc més ganes d'entrar-hi? Jugues amb mi, oi?, saps que t'estimo molt, que em fas perdre el cap. Només vull preservar-te i que no et passi res. Ets ingènua i no controles perquè a tu t'agraden aquestes coses. I mentre em parlava em tapava la boca, em llançava damunt del meu llit i m'anava despullant. Jo li mossegava la mà i em regirava fins que em va xiuxiuejar que si la mama se n'ssabentava ell li diria la veritat, que jo l'havia incitat, que en el fons ho desitjava, que des de ben petita el buscava perquè era dolenta. I que la mama es moriria del disgust. No volia matar-la, oi?

I aquest va ser l'inici de la fi. Vivia amb l'ai al cor tancant portes darrere meu, inventant mentides, marxant de casa sempre que podia. Buscava salvar-me en els braços del Martí Borràs o en els museus amb el Jesús López. Incapaç d'estudiar, avergonyida de mi mateixa, sense amigues i sense ningú a qui explicar-li-ho. Per això vaig bandejar l'Eva i la vaig allunyar de mi, perquè ella era còmplice del meu pare, l'adorava i l'admirava, ell ja s'havia ocupat de menjar-li el coco i predisposar-la en contra meu. Mai no m'hauria cregut. Vaig provar de sincerar-me amb el Jesús i vaig fracassar, vaig provar de fer l'amor amb el Martí Borràs i no vaig poder. Cada cop em sentia més bruta i més aïllada. Acabaràs malament, ets una perduda, vas pel mal camí, em deia ell messiànic, profètic, amb els ulls plens d'espurnes. Jo aguantava i aguantava sense decidir-me a fer cap pas, espatllant més i més les coses, abocant-me al desastre. Fins aquella nit de dissabte.

En el mateix moment que el Martí Borràs em va llançar la roba a la cara i em va fer fora de casa seva vaig sentir que havia perdut la darrera possibilitat de trobar una sortida. Encara estava marejada pel que havia begut, no sé què m'havia posat dins del got però ho veia tot desenfocat i tenia una consciència difusa sobre el meu cos. Encara sentia la música de Maroon 5, *She will be loved.* I volia plorar perquè la vida era una gran mentida. El carrer era fosc i no sabia on anar, en passar davant d'un bar hi vaig entrar i em vaig asseure a la barra, tota sola. De seguida se'm van acostar uns nois. Sé que vaig acceptar les seves invitacions, que vaig beure amb ells, que vaig prendre coses, que vam sortir plegats d'aquell bar i que la nit va ser llarga, disbauxada, que reia per tot i no controlava gens. No sé ben bé què va passar cap a la matinada, però recordo que tant se me'n donava tot i que vaig acabar bruta, amb la roba esquinçada i els ulls absents en una cantonada de la ronda de Sant Antoni. Vaig caminar hores i hores d'esma, perduda, mentre els camions de l'ajuntament ruixaven la ciutat adormida i el sol començava a apuntar tímidament mar enllà. Em sentia forastera a la meva ciutat, forastera a la meva vida i no sabia quin rumb havia d'agafar per tornar a casa. No volia tornar a casa. Estava espantada de mi mateixa i de la meva incapacitat per controlar. En una sola nit havia rodolat pel pendent i havia caigut molt avall. Feia la mateixa pudor que els contenidors d'escombraries del mercat, que pudien a peix i carn podrida. Sentia fàstic de mi mateixa, m'avergonyia dels meus actes i necessitava algú que em posés límits per dir-me el que estava bé i el que estava malament. Ell m'havia advertit i tenia tota la raó. Era dolenta.

I aleshores vaig decidir fugir. Fugiria sense dir res a ningú i aniria a casa de l'Elisabet i l'Iñaki, els únics que eren prou lluny i que no se'l creien. Els oncles sí que m'escoltarien. La mama no n'era capaç, ja no confiava en ella, estava massa anul·lada, ell la tenia dominada. Vaig preparar-ho tot, vaig donar-los les notes, vaig aguantar el xàfec i el matí següent vaig deixar unes ratlles escrites i vaig agafar l'autobús cap a Bilbao. No havia volgut trucar-los abans perquè ell no hi interferís. Aquestes coses no les podia dir per telèfon. I vaig ser ben burra, perquè quan vaig arribar a casa seva no hi eren i no contestaven al mòbil. Vaig tornar-hi una vegada i una altra i vaig passar dos dies a Bilbao, perduda i desanimada fins que la tercera nit Ell em va trobar sortint del portal dels oncles. M'havia enxampat i en aquells moments baixos vaig pensar que era inevitable, que era el meu destí. Ets boja? T'està buscant la policia. Saps quina n'has organitzat? Com se t'ha acudit?

Em va ficar dins el cotxe, molt seriós. Això s'ha acabat, Bàrbara, em va comunicar. Jo no vaig obrir la boca. Ell tampoc va afegir-hi res més i jo no sabia on em duia. El seu silenci era molt més amenaçador que tots els crits i els cops. En passar per Lleida, em va preguntar si tenia gana i jo li vaig dir que sí. I va ser en aquell moment de distracció seva, en adonar-se que s'havia deixat la cartera al cotxe i girar cua, quan vaig córrer i vaig trucar la mama des d'una cabina. Però la moneda es va encallar i ell es va posar furiós i em va trencar el nas i em va fer rajar sang. Quan vam ser un altre cop a l'autopista, sense la bossa, aturant-me l'hemorràgia amb el mocador, li vaig preguntar amb un filet de veu: Què faràs ara? Tu t'ho has buscat. No pots anar pel món fent la teva i trepitjant els altres, perquè no tens mesura, no tens control. No t'hem educat bé, Bàrbara, la teva mare no ha sabut educar-te, t'ha deixat fer la teva santa voluntat i el que et calia era mà dura, va dir ell. Vull tornar a casa, vaig demanar-li esporuguida. No pot ser, tu mateixa t'has tancat aquesta porta. La policia farà preguntes, tu xerraràs i tot se sabrà. En aquell instant, jo vaig veure molt clar que era ell qui havia comès un delicte i no jo. Aleshores?, vaig afegir. No ho sé, va tallar-me bruscament. Però li bullia una idea fosca. Li ho vaig veure a les ninetes, en la manera com s'agafava al volant, en el gest dur de serrar les dents. Vaig jurar que no, que no obriria la boca, que no ho sabria ningú. Però ell no em va creure i em va retreure que em delatava el meu nas, la meva sang, la bossa abandonada. M'has fet malbé la vida i la reputació. Potser volies denunciar-me? Potser volies posar-me en evidència? No, vaig mentir. No m'has deixat cap més alternativa, va murmurar amb un tel als ulls. Em vaig adonar que parlava seriosament de morir. Certament, jo tampoc no hi veia cap sortida possible, però no sé com, dins del cotxe, vaig treure forces per pregar per la meva vida. Va ser un impuls desesperat que em va sortir de dins. I s'ho va repensar. Hi ha una solució..., va dir enigmàticament. Potser, potser seria la manera de convertir-te en una persona, de reeducar-te, de treure la bèstia que portes dins. Jo aleshores no sabia quina idea era i, vist des de la meva perspectiva, potser hauria estat millor que em matés.

Sento el soroll del motor del Passat. És Ell. Ja és aquí. Aquest cop no tindrà pietat. Tinc por. Molta por. Però seré valenta i miraré la mort a la cara.

22. *Salvador Lozano*

El matrimoni Zuloaga va mantenir una llarga conversa amb la Núria Solís el divendres vint-i-cinc de març de 2005 a les deu i dotze minuts del matí, ha informat rutinàriament el Lledó a l'encara sotsinspector Lozano. Així doncs, va ser ella qui finalment els va localitzar i els va avisar de la desaparició de la Bàrbara. Previsible. Però el sorprèn la informació sobre el gos dels Molina. El Bruc, un Labrador que ara tindria nou anys, és mort des de fa tres anys i mig. És el que el veterinari li ha dit al Lledó. El veterinari no va arribar a veure el cadàver, el Pep Molina li va explicar que el van atropellar al cap de poc de dur-lo al Montseny i que ell mateix va desfer-se del cos. És estrany, perquè la Núria Solís més d'un cop i de dos li ha dit que el Pep Molina havia anat al mas a dur menjar al gos. Per què la Núria Solís no està assabentada de la mort del gos? Per no afectar-la, potser? I per què el Pep Molina li menteix dient que li porta menjar si en realitat no hi té res a fer, al mas? Hi va, al mas, o va a algun altre lloc? Té alguna amant, algun negoci brut, algun secret? El Salvador Lozano rumia sense parar mentre simula agraïment i emoció. Li agradaria ser davant de la seva taula, amb la carpeta de la Bàrbara oberta, l'ordinador engegat i el telèfon a mà. Però és al restaurant del seu sopar de comiat, mort de calor, i busca algun punt de fugida de l'atapeït menjador per descansar la vista i escapolir-se visualment de la multitud. Al fons a la dreta hi ha una finestra, però està tancada i barrada i la sensació de claustrofòbia és tan punyent que s'ha de ficar dos dits entre el coll i la camisa per no ofegar-se. La roba li tiba i la suor li regalima pel front. Està massa gras, pensa. S'eixuga amb un tovalló de paper dissimuladament i respon a la salutació d'un agent nouvingut. Ni tan sols el coneix de nom. Acostumat a dinar tot sol o acompanyat silenciosament per la dona, no se'n sap avenir, d'estar compartint taula amb trenta persones més. I ell de cap de taula, amb el cap bullint-li d'idees noves, de possibles camins per a la investigació del cas de la Bàrbara Molina, però havent d'aguantar totes les mirades mentre ofereix somriures a tort i a dret. Com el dia del casament del fill, tot i que aleshores no n'era el protagonista absolut i anava acompanyat de la dona.

No s'ha tret l'americana perquè és davant de tothom i faria lleig que ell, el convidat d'honor, perdés el posat i l'elegància que el caracteritzen justament l'últim dia, a tan sols unes hores de jubilar-se. Deixarà el seu record formal per a la posteritat a les fotografies que probablement tothom perdrà o oblidarà dins la càmera però que es faran per quedar bé. Als altres tant els fa la formalitat. Molts jovenets han anat a sopar amb jersei i texans tal com van a la feina cada dia, potser ni s'han canviat. El Susqueda sí. El Susqueda s'ha vestit de futur sotsinspector i duu una americana clara al damunt d'una samarreta negra i uns Levi's. *Look* Joan Manuel Serrat. Modern, informal, elegant, que en diria la seva dona. Ha aparegut amb la matemàtica. No és gran cosa. Rossa, baixeta i una mica escanyolida per al seu gust, però de seguida s'ha fet un lloc entre tants desconeguts i ara parla amb els uns i els altres com si fossin íntims. Una noia espavilada, que s'ha assegut al seu costat, li ha fet un somriure dolç i entremaliat i li ha preguntat per la dona. Ell l'ha excusat dient que no es trobava bé. Fa una estona que li han deixat al davant un plat amb un puré de color taronja guarnit amb una fulla verda al mig. És com un bodegó holandès de mal gust. Només de veure'n el color, li han vingut ganes de demanar que li canviïn el plat. Però la matemàtica el tasta amb la punta de la cullera, com fent una malifeta, i amb aires de gurmet l'assaboreix, exageradament, i comenta que és una sopa de carbassa deliciosa. Sopa de carbassa! A qui se li acut! Qui ha triat el menú? Té ganes d'escanyar la Dolors Estrada. De segur que ho ha fet per fotre'l perquè li va negar el permís de dos dies per anar al concert del Bruce Springsteen a Madrid ara farà un any. De sobte sent una vibració a la butxaca i hi fica la mà, incòmode, pensant que serà la dona i que haurà de donar-li explicacions. L'empipa sobretot no tenir l'espai d'intimitat suficient per mantenir una conversa privada. La matemàtica ho sentirà tot i després, a la nit, arrambada al Susqueda, li xiuxiuejarà que l'antic sotsinspector és un mentider perquè no tenia la dona malalta. Però resulta que és l'Eva Carrasco. I de cop sap que és una trucada important.

S'aixeca i se'n va discretament fora de la sala. I fa

bé perquè l'Eva Carrasco, en efecte, té una cosa molt important a dir-li. Tan important que s'ha d'arrambar a la paret per no caure. La Bàrbara m'ha trucat aquest matí, però s'ha tallat de seguida i ha estat impossible connectar un altre cop. Com dius?, fa garratibat sense poder-s'ho creure. A quina hora? Devien ser cap a les dues. I per què no m'ho has dit abans? Li he trucat el primer, però havia sortit a dinar i aleshores he anat a casa de la Bàrbara i el Pep Molina m'ha dit que ja ho solucionaria i que no parlés amb ningú, que ell ja s'ocuparia de tot i que es posaria en contacte amb la policia. El metralla la noia nerviosíssima sense deixar-lo ficar cullerada i continuant sense gairebé prendre aire. Però fa una estona he descobert que el mòbil des del qual m'ha trucat la Bàrbara és el del Pep Molina. El Lozano la interromp alterat i a punt de patir un infart. El mòbil del Pep Molina? Estàs segura que era el mateix? Seguríssima, respon amb un filet de veu l'Eva. I qui més ho sap?, pregunta ràpidament el Lozano, assumint el canvi total de gir del cas en qüestió de segons com només ho saben fer els bons policies i els bons guionistes. La Núria Solís, ara sóc a casa seva, he descobert la coincidència del número quan ella me l'ha dictat. On és ara el Pep Molina?, inquireix el sotsinspector Lozano pensant a la velocitat de la llum. No ho sé. Està il·localitzable. El seu mòbil no contesta i ha dit que no l'esperessin aquesta nit, que tenia feina. La Núria no en sap res més.

El sotsinspector Lozano s'eixuga la suor que, ara sí, li regalima pel coll i li xopa la camisa. I mentre s'aparta perquè els cambrers passin cap al reservat carregats de plats i més plats de sopa de carbassa pren una decisió. Queda't amb la Núria Solís a casa. Si torna el Pep Molina, sobretot, que no s'ensumi que sabeu res. Busca una excusa qualsevol, dissimula, baixa al carrer i truca'm de seguida, m'has entès? Sí. L'he entès, respon la noia. Eva, diu el Lozano amb veu greu, la vida de la Bàrbara està en joc. Sent que l'Eva, a l'altra banda, sospira. És el segon cop que m'ho diuen, això, avui. El Pep Molina m'ha dit el mateix abans. Raó de més, respon el Lozano, intranquil. I ara, sobretot, controla la Núria Solís, que no faci cap bestiesa. Com està ella?, afegeix encuriosit. Molt serena. Més serena del que em pensava, cregui'm. El Lozano respira alleujat. Estem en contacte.

El sotsinspector Lozano no té temps de sentir estupor. Portava un paperet rebregat a la butxaca, preparat per al discurs, on tenia quatre frases protocol·làries apuntades que ja no pronunciarà. Entra dins la sala i saluda a tothom. La seva irrupció brusca provoca el silenci. Millor, així no haurà de demanar la paraula, ja la té. Senyores, senyors, la vostra presència aquesta nit aquí és un gran honor, però lamento comunicar-vos que causes de força major m'obliguen a marxar. Calla uns instants perquè és impossible fer-se sentir per damunt de l'enrenou que s'ha aixecat a la sala. Espera uns segons i continua. Es tracta d'un cas molt delicat i que requereix una intervenció immediata. El futur sotsinspector Susqueda s'aixeca immediatament. Ja me n'ocupo jo, fa decidit, però un NO taxatiu, pronunciat amb autoritat, el fa callar. Si et necessito, ja et trucaré, diu el Lozano anant cap a la porta. Tot d'una, en ficar un altre cop la mà a la butxaca, troba el paper, s'ho repensa i l'hi dóna al Susqueda. Té, si vols fer-me un favor, llegeix aquest discurs de comiat en nom meu. L'hi dóna en mà i davant de tothom sense deixar-li alternativa. Rebutjar-lo seria fer-li un lleig. El Lozano aixeca el braç i saluda amb el cap alt. Ha estat un plaer treballar amb vosaltres tots aquests anys, nois. I se'n va.

Un cop traspassa la porta es treu l'americana i la corbata i es descorda la camisa. Ja està, es diu, ja està fet. Ja l'he emmerdat. Estic emmerdat fins al coll. Tothom ha estat testimoni que he pres una decisió temerària. Que he actuat amb gasiveria i que no he passat el relleu al meu successor. Però no ho ha fet només pel seu orgull, que sí, que el té i que no li reca de reconèixer que els darrers dies se n'ha ressentit. No, no ha estat per això. Ell coneix perfectament els actors d'aquesta tragèdia i cal treballar de pressa, amb discreció i precisió. És l'únic capaç de fer-ho, encara que la llei ja no li ho permeti. Tant li fa la llei. La vida d'una noia és més important. És un cas massa delicat per posar a treballar tot un operatiu. És una qüestió de vida o mort, i té només dues hores per lligar caps. Després ja faré el traspàs, es diu mentre surt al carrer i atura un taxi i li dóna l'adreça de la comissaria.

Arrecerat en la foscor i l'anonimat del taxi es tranquil·litza. Afortunadament, el taxista és un home discret que no duu la ràdio engegada i no blasma l'Ajuntament de Barcelona. Això li permet pensar. I pensa, pensa a batzegades. Li ve al cap de seguida *Crim i càstig*. Maleït Molina. El mateix joc del

Raskolnikov. Davant dels seus propis nassos, fotent-se'n durant quatre anys. El tenia molt més a prop del que es pensava, però no creia en cap moment que la Bàrbara fos viva. El Lozano s'emprenya amb ell mateix per no haver investigat a fons a quina hora va abandonar Bilbao el Pep Molina. Eren moments de confusió i tenien moltes línies d'investigació obertes. Sí, va demanar confirmació i l'Ertzainza va respondre amb vaguetats. L'havien vist voltant i interrogant la gent dels bars, però ningú no va poder constatar exactament l'hora de la seva marxa. Si el Pep Molina va sortir de Bilbao cap a les dues de la matinada i no cap a les set com va declarar, la resta és ben fàcil. Tot encaixa. Mentre l'Eva parlava, ha visualitzat perfectament la seqüència dels fets i ha entès ràpidament que només calia modificar el nom del Jesús López pel del Pep Molina perquè tot resultés diàfan i entenedor. Abusos. I comença a recol·locar les peces del trencaclosques impossible. I recorda com el Pep Molina parlava a la Núria Solís, les seves mirades fulminants, la seva desautorització constant, el seu autoritarisme intransigent. I ella, amb la mirada baixa i els ulls fugissers, les pastilles i la culpa permanent. Recorda els cops en el cos de la nena, les ferides amagades dels braços. Sí. Tot és clar, tan clar que s'esgarrifa per no haver estat capaç de veure-ho abans. I això que la pista sobre el gos l'haurien dut a la mateixa conclusió. Li ha faltat temps, es lamenta.

El Pep Molina els va ensarronar. Va jugar el seu rol admirablement. Ho tenia ben fàcil. Hi havia dos sospitosos que ell mateix es va encarregar de servir amb safata de plata i per a ell es va reservar el paper de pare justicier. Va ser una actuació magnífica: llum i taquígrafs, el pare desolat, el pare indignat, el pare exaltat. Va encapçalar manifestacions, va demanar endurir les lleis, va participar en programes televisius, va agredir el Jesús. Quin farsant! Quin fill de la gran puta! No li va caldre modificar el seu perfil de pare autoritari perquè era prou versemblant. Té claríssim on ha tingut la Bàrbara tot aquest temps. Però, com s'ho ha fet?, es pregunta. I recorda les seves preocupacions per la logística, els seus viatges amunt i avall. Empal·lideix. I el seu revòlver! Ha recordat que té permís d'armes per la feina de representant de joieria i que ell mateix li va retirar la llicència del seu Smith & Wesson 38 a causa de l'incident del Jesús. Tanmateix, passat un temps prudencial i en vista de la seva bona conducta, la hi va retornar. Pren nota mentalment de la dada i l'afegeix a tota la resta. Ha d'anar amb peus de plom perquè és un home perillós, extremadament perillós. Un paio intel·ligent i sàdic. I recorda el seu control ferri de la dona, la seva arrogància i sobretot la seva estratègia per alimentar amb llenya constantment la cortina de fum que va aixecar ell mateix. Durant quatre anys van estar rere la pista de dos sospitosos falsos perquè ell va insistir-hi fins a l'obcecació. Demanava un cop i un altre que no els retiressin la vigilància, que hi estiguessin a sobre. Possiblement creia, i creia bé, que si abaixaven la guàrdia potser contemplarien altres línies d'investigació. Quin idiota!, s'exclama un altre cop el Lozano. L'excusa del gos era bona i el mas del Montseny un lloc prou aïllat i solitari perquè els veïns no s'ensumessin res. Una casa de la Núria Solís on la família estiuejava abans que la Bàrbara desaparegués. Ja són davant de la comissaria.

Paga amb un bitllet gran, li diu al taxista discret que es quedi amb la propina i puja esbufegant cap al despatx. El mas, el mas, es va repetint. Hi va anar un cop amb una unitat i va demanar que escorcollessin discretament el jardí per veure si havien remenat la terra recentment. Li va fer vergonya que els Molina ho sabessin, però era la seva obligació. Potser la Bàrbara era allà? On? La casa semblava certament abandonada. Es veia polsegosa. El Pep Molina la hi va ensenyar molt atent. Els llits no tenien llençols i la cuina era ben buida. El gos. Mentre puja els graons de quatre en quatre recorda que la Núria Solís li va dir més tard que li sabia greu per la pobra bèstia, que la tenien al celler del soterrani perquè no s'escapés. Un celler habilitat!

Un cop al despatx obre la carpeta i busca delerós l'adreça del mas, se l'apunta, agafa la seva Glock 9 mm, la carrega i demana a la Mariona Estévez que li trobi un cotxe immediatament i que programi el GPS amb l'adreça del mas. Demana també que prepari una unitat operativa de tres agents perquè surtin cap a Sant Celoni i, un cop allà, estiguin a l'espera de les seves ordres.

El Lozano mira el rellotge. Les 22:18 hores. No té gaire temps. Però la Bàrbara, malauradament, en té menys encara.

23. Bàrbara Molina

L'Eva es va aficionar durant un temps a llegir tragèdies de Shakespeare i em va dir que al tercer acte tots els personatges cauen per un pendent fatal que els precipita cap a la seva destrucció. No hi ha sortides. Se les tanquen ells mateixos. Com jo. En aquests moments sóc al darrer acte de la tragèdia de la meva vida. Ho tinc claríssim.

Tot ha passat tal com m'imaginava. Ell ha entrat amb el revòlver a la mà, ben a la vista, com el dia que va matar el Bruc, davant meu, i m'ha apuntat. Durant tota l'estona, mentre em parlava amb agror, no ha deixat d'apuntar-me. I jo el sentia, lúcida com mai, mentre em mirava el forat negre del canó imaginant-me que era l'objectiu d'una càmera fotogràfica, familiaritzant-me amb ell, fent-m'hi amiga.

L'Eva m'ha dit que li has trucat, m'ha deixat anar de cop, com una bufetada seca, perquè quedi clar que ho controla tot, que no se li escapa res, que fora d'aquestes quatre parets també sóc la seva presonera i que el món que jo crec lliure és una teranyina que empresona els meus crits. M'he protegit en el silenci. No tinc esperances, no tinc por. És un gran avantatge. No hi dius res?, ha cridat en veure la meva actitud provocativa. He continuat callant, que surti de polleguera, que s'ho passi malament ell. T'adones que ho has espatllat tot una altra vegada? Torno a callar i el fito amb les dents serrades, preparada per rebre algun cop que em juro que no em farà saltar les llàgrimes. Ja no podrem fugir junts!, em crida amb un punt de desesper sincer. Què s'empatolla, ara?, penso. De quina fugida parla?

S'adona que m'ha picat la curiositat i continua. Jo tenia plans per a nosaltres dos. Em desconcerta. No vull sentir-lo, m'he dit, però malgrat tot tenia les orelles parades. Quins plans?, he pensat emprenyada per no poder desconnectar. Ho havia preparat tot, havia anat estalviant diners, sabia qui ens podria fabricar una identitat falsa, havia estat fent contactes al Brasil. Saps que el Brasil és un dels països on l'FBI no hi té accés? Al Brasil hi ha platges, hi ha mar i podríem haver estat feliços. M'ha fet ballar el cap, ell i jo al Brasil? Vivint en llibertat? Al davant del mar? M'estava gastant una broma. Esperava que el sotsinspector Lozano es jubilés per començar a engegar-ho tot, ha continuat. El seu successor oblidaria el cas, el deixaria córrer i no li importaria que jo m'estavellés amb el cotxe. No hi donaria cap importància. M'he esverat de debò. Així doncs, estava parlant seriosament. Ell abaixa la veu, confidencialment, com si algú ens pogués sentir. Això és el que pensava fer, simular un accident mortal amb un munt de cendres i esborrar completament la meva pista. Tancar el cas i tenir un futur net per endavant. Tu i jo.

He obert molt els ulls i potser ho ha malinterpretat. Potser ha cregut que jo estava il·lusionada amb la seva idea de futur. El cinisme de no esperar res més que la mort m'ha permès veure'l amb uns altres ulls i de sobte l'he vist cretí i il·lús. Però ell s'ha pensat que m'havia commogut i ha continuat esbravant-se. Avui el sotsinspector Lozano m'ha trucat per anunciar-me que demà mateix es jubilava. Jo ho havia calculat malament, em pensava que encara faltava un any. I potser per això m'he atabalat i no he estat prou curós i després de la telefonada he sortit a corre-cuita per començar a fer els preparatius, però... Aquí s'atura i es posa sobtadament seriós, greu. M'he oblidat el mòbil, diu mentre el mira amb tristesa, damunt la taula, ben a la vista, on jo l'he deixat. Ara ja no tenim cap futur, conclou. És això, em dic amb satisfacció. Li he esguerrat els seus plans i està més desesperat que jo. I sento una alegria infantil en saber que ell tampoc té cap esperança. Però en comptes de disparar-me ha deixat caure els braços i s'ha assegut al llit, al meu costat, abatut. Per què m'ho has fet, això, nena?, exclama parlant sol, perquè jo no li contesto ni li penso contestar. Ara ens trobaran. A tu i a mi. Potser d'aquí a unes hores, potser d'aquí a uns dies, potser d'aquí a un mes. Però ens trobaran tard o d'hora. Jo continuo callant i mirant-lo descaradament. No em miris així!, crida. T'adones del que estic dient? T'adones que estic parlant del fet que hem de morir? Somric. M'ha fet gràcia. M'amenaça de mort des de fa quatre anys, he vist la mort milions de vegades i ara ell, que per primera vegada la té a prop, s'espanta. He tingut ganes de riure, però no he pogut perquè m'ha colpejat amb el mànec del revòlver. Prou!, ha cridat, prou!

I m'adono que el que l'enfureix és que jo estigui serena. S'estimaria més que li supliqués, que m'arrossegués, que li pregués si us plau que em salvés la vida. No penso donar-li aquest gust. Primer de tot et mataré a tu, diu lentament amb una fatxenderia impostada que a mi em rellisca. I després em mataré jo, recalca. Jo no parpellejo i per fi obro la boca. Què esperes, doncs?, l'increpo. Em costa parlar perquè m'ha fet mal a l'os de la mandíbula i em raja sang de la geniva. Però ja hi estic acostumada, al dolor, a la sang, a la mort. Ell no. Llavors es posa dret amb les mans tremoloses i m'apunta. Tot ho he fet perquè t'estimo massa. Ets dolenta, Bàrbara, molt dolenta. Ja ho sé, mata'm d'una vegada, el repto, cada cop més gallet, cada cop més insensible, cada cop més a prop del final del tercer acte. Ja n'estic tipa, penso, de donar-hi voltes. Ja no m'espanta la mort, l'he assumida des de fa massa temps i tinc ganes d'acabar d'una vegada per totes, de deixar de patir. Només em fa angúnia la desagradable logística de deixar d'existir. El tràmit, com qui diria. Però ell no dispara. En comptes de disparar camina amunt i avall, com feia jo fa unes hores, com un lleó engabiat. Li porto avantatge, jo ja he fet aquest camí abans que ell i he arribat al final. Ara estic serena. I la teva mare?, crida de sobte. No hi has pensat, en la teva mare, quan has agafat el telèfon i has trucat a l'Eva? No tens cor? No tens sentiments? Què farà la teva mare quan ens trobin morts, a tots dos, i caigui la vergonya damunt seu? No has pensat en tot això? És clar, tu no penses mai en les conseqüències dels teus actes, tu actues i prou. Ets egoista, rastrera i mesquina i ho seràs sempre!

L'he sentit com un soroll de fons, com aquell qui sent la cantarella d'una radionovel·la barata. Ara està tramant alguna sortida impensada. El conec. Està mort de por i intenta fer trampa. S'està fent trampa a ell mateix. I jo tinc moltes ganes de riure en veure'l tan acoquinat. I si no ens troben mai?, penso mentre ell parla i gesticula com un actor d'una tragèdia de Shakespeare. Perquè potser a ningú no se li acut baixar fins al soterrani del celler de la casa. I se m'acut també que, en aquest cas, la posteritat estarà equivocada. Que la data de la meva mort, la que va sortir a les esqueles dels diaris, no serà la vertadera i que ningú no plorarà per mi aquesta vegada perquè ja m'havia mort abans. Això sí que em dol. Tothom té dret a ser plorat en uns funerals. Au, mata'm ja!, crido posant-me dreta teatralment i oferint-li el pit. Estic tipa de tanta comèdia, de tanta dilació. Però ell abaixa el revòlver visiblement nerviós. No és tan fàcil, Bàrbara, no et puc matar perquè t'estimo. Mentider, em dic, mentider, més que mentider. Potser si hi col·labores encara ens quedi una sortida. Covard, més que covard, em dic. Escolta, encara hi ha una sortida. Tanco els punys i callo. No m'ho pot fer, això, ara, no té dret a fer-me patir més. Estava preparada. Vull acabar amb tota aquesta merda, ara! Vull morir d'una vegada. Bàrbara, escolta. Em tapo les orelles perquè no el vull sentir. Bàrbara, escolta'm bé el que et diré, bonica.

I esclato a plorar de pura desesperació.

24. Eva Carrasco

L'Eva no ha reconegut fa uns minuts la dona que ha sortit del despatx amb unes claus a la mà, vestida amb uns pantalons de llana beix i una camisa lila. No ha reconegut la seva manera de caminar ni els seus gestos precisos en marcar un número de telèfon i esperar, amb el cap dret i amb una certa impaciència, que algú respongués a l'altra banda. Era la Núria Solís però tampoc no ha identificat el seu to de veu en parlar a través del cable. Elisabet, et necessito, agafa el cotxe i vine immediatament. Deixo els bessons a casa de la Lourdes, la veïna del segon, amb una muda de roba. Quan arribis, te'ls enduus a Bilbao amb tu. Vull que siguin lluny durant uns dies. Ja t'ho explicaré. I ni tan sols ha esperat que l'Elisabet sortís del seu atuïment que ja havia penjat el telèfon i se n'havia anat de dret cap a l'habitació dels nois. N'ha sortit uns minuts després amb tots dos i una bossa d'esports a l'esquena i ha desaparegut uns moments del pis. Al cap d'una estona ha tornat i ha fet una altra trucada. Aquest cop més ambigua, més concisa. Bona nit, sóc la Núria Solís, de la planta de ginecologia. Avisa, si us plau, que no vindré a treballar. Cap excusa. Un cop ha penjat, ha inspirat profundament, s'ha posat un jaquetó marró tres quarts, s'ha penjat la bossa a l'espatlla, després de comprovar que hi fossin les claus que hi havia ficat uns minuts abans, i li ha dit: Acompanya'm. L'Eva s'ha quedat bocabadada. Aquesta dona no pot ser la Núria Solís, ha pensat immediatament. No pot ser la mateixa dona que aquest matí li ha obert la porta amb els ulls abaixats i la veu esquerdada. Ara sembla més alta, més forta, fins i tot més jove. Ho sento, però no podem marxar, s'ha disculpat ràpidament. El sotsinspector Lozano m'ho ha deixat molt clar, que ens esperéssim aquí sense fer res. La nova Núria Solís l'ha mirat un cop només. Com vulguis, si no em vols acompanyar agafaré un taxi. I ha girat cua sense esperar-la, de la mateixa manera que tampoc no ha esperat la resposta de la seva germana ni de la telefonista de l'Hospital Clínic que l'ha atès.

L'Eva pensa que la Núria Solís ha modificat la seva fisiologia. Ja no és una dona de carn i ossos. És una morta vivent, una zombi que ha ressorgit de les seves cendres, un ésser fet de la matèria dels déus, insensible al dolor, a l'empatia, als obstacles. Una mena de fantasma. S'empassa saliva. I els fantasmes, pensa, no es poden aturar perquè traspassen les parets i arriben on volen. Així doncs, s'ha estimat més posar-se de la seva banda i l'ha seguit com un gosset. Tens carnet de conduir i cotxe, oi? Sí, ha respost l'Eva de seguida. Doncs necessito que em duguis on jo et diré. Ja t'aniré indicant.

L'Eva fa gairebé una hora que condueix i no s'ha

equivocat ni un sol cop. La Núria Solís li ha anat donant totes les ordres precises. A la dreta. Gira. Al proper semàfor a l'esquerra. Han deixat l'autopista de Girona per la sortida de Sant Celoni i s'han endinsat per camins rurals que ella coneix com el palmell de la mà. L'Eva no ha preguntat, però sap que estan anant al mas. Allà era on la Bàrbara estiuejava els mesos d'agost i on l'havia convidada més d'un cop. Un mas del segle dinou enmig de la muntanya, voltat d'una era, d'un hort que ja ningú no conrea i d'uns camps abandonats amb quatre ametllers escampats i alguna olivera centenària. S'empassa saliva. Potser és al mas on ha estat la Bàrbara tot aquest temps, se li acut. Anem al mas, oi? La Núria Solís parla com un autòmat, sense mirar-la. He estat comprovant els peatges de les autopistes i el Pep, gairebé cada dia des de fa anys, ha fet aquest itinerari, diu sense cap emoció. L'Eva accelera i pensa que hauria de posar-se en contacte amb el sotsinspector Lozano. Hauríem de trucar a la policia, proposa en veu alta, però la Núria Solís no li fa cas. Saps per què no puc conduir?, diu sense que vingui a tomb. Ell em va dir que prenent les pastilles seria perillós i que no calia que em renovés el carnet. No volia que trepitgés la casa mai més, deixa anar amb ràbia sobtada. Et portarà massa records, va suggerir-me ell el primer estiu. Val més que la venguem, va comentar sense gaire entusiasme. Ho deia sabent que jo no me la vendria mai, aquesta casa.

L'Eva calla i escolta i deixa que la Núria Solís s'esbravi. Ho necessita. Ha estat massa anys en silenci i un cop ha començat és com una ampolla de gasosa remenada, efervescent, rabiosa. Les pastilles me les va fer prendre ell, naturalment, em va acompanyar al psiquiatre i li va facilitar un diagnòstic detallat del meu cas. Segons el Pep, estava patint una depressió profunda i tenia tendències paranoiques. Li vaig donar poca feina, al psiquiatre, ell ja duia els deures fets. Pren aire i inspira profundament perquè li dol. I jo me'l creia, sospira. Tot aquest temps me'l vaig creure a ulls clucs. I li estava agraïda perquè es feia càrrec de la compra, del gos, de la casa, de la meva salut... I del cas de la Bàrbara. I quan diu Bàrbara, l'Eva nota com puja el to, per dir el seu nom ben fort i convèncer-se que és viva. Saps quina és la diferència entre un addicte i un malalt?, pregunta amb un deix diferent a la veu. S'espera uns instants que es fan eterns. Que l'addicte pot deixar de ser-ho en qualsevol moment i el malalt no. És tan senzill com fer petar els dits i dir: Prou. S'ha acabat. Així vaig deixar de fumar. Després de dir-ho ja vaig ser una exfumadora. I aleshores, tot allò que estava desenfocat es va reenfocar, tot allò que creies que feies perquè volies t'adones que no era altra cosa que producte de l'addicció. La Núria Solís interromp el seu discurs per guiar-la. Tomba a la dreta, aquí, molt bé, continua recte. L'Eva veu com tensa les cames i arqueja l'esquena com un gat abans de saltar.

Ja són a prop de la casa i la Núria abaixa la finestreta del cotxe malgrat que fa fred i deixa que el vent li embulli els cabells. Està callada una estona llarga fins que torna a trencar el silenci. Les revelacions són instantànies, continua desgranant lentament, com si parlés tota sola. No necessiten interpretacions. De sobte veus tot allò que estava fosc, que quedava a l'ombra desdibuixat, amagat, exactament com un rodet de fotografia antic que res no significa fins que les imatges queden revelades. I allà on semblava que hi havia taques, hi apareixen les imatges on sempre han estat, però fora de l'abast de l'ull humà. D'un moment a l'altre tot es fa nítid, clar, recognoscible. L'Eva assenteix amb la mirada arrapada al vidre i les mans al volant, sense distreure's de la conducció. Li dóna la raó. Ella, finalment, també ha pogut il·luminar els racons foscos de l'estiu de la Bàrbara i se sent trasbalsada per la revelació. Ella admirava el Pep Molina, li semblava un home respectable, seriós. Si la Bàrbara li ho hagués explicat, no l'hauria cregut, s'hauria posat de la banda del seu pare i hauria considerat la seva amiga mentidera i fantasiosa. Ja es va encarregar el Pep Molina de ficar-se-la a la butxaca. Pobra Bàrbara, li deia. No està gaire bé, s'inventa històries. Tinc por per la seva salut mental. Es va preparar per a una possible confessió i ara entén que la Bàrbara va trencar amb ella per aquest motiu. Intenta imaginar-se quantes noies com la Bàrbara deuen viure en la foscor i condemnades al silenci. La Núria Solís aixeca una mà. Para, para aquí! I l'Eva frena. Encara no han arribat als camps, són a uns dos-cents metres del casalot, en un camí flanquejat per alzines, però és més prudent aparcar el cotxe lluny perquè ell no les senti. La Núria Solís obre la porta i surt. Ja te'n pots tornar, li ordena. L'Eva obre uns ulls com taronges. No et deixaré que hi vagis tota sola. La Núria Solís no l'espera i comença a caminar en direcció al mas, ben decidida. L'Eva esbufega al darrere seu després de tancar el cotxe i apagar els llums. Espera't! Espera't! La Núria li assenyala el barri de ferro de l'entrada, una filigrana modernista amb un motiu d'un drac enrotllat en el cos d'una jove. Tràgica premonició. La va forjar el besavi, era ferrer, diu amb orgull, empenyent-lo amb compte que no grinyoli. Ara camina amb més cura. Té consciència de la situació i, en entrar al recinte de l'era, les rep la silueta del Passat retallada per la lluna minvant. Fins ara, tot plegat havia estat una suposició, però en aquells instants s'ha convertit en una certesa, es diu l'Eva tant o més impactada que la Núria Solís.

Ell és dins el mas i també la Bàrbara. I li tremolen les cames en pensar-hi. La Núria camina feixugament fins al cotxe aparcat i s'hi recolza. Li falta l'aire, és com si s'hagués quedat sense forces. L'Eva l'ajuda i li agafa la mà, glaçada, gèlida, totes dues impactades per la revelació sobtada. I allà, recolzada damunt del cotxe i mirant cap al cel estelat, la Núria murmura en un xiuxiueig: Fa massa anys que havia foragitat les intuïcions. Abans m'hi deixava guiar. Intuïa que la felicitat s'aconseguia perseguint els somnis. Somiava de ser metgessa, somiava de viatjar, somiava de tenir una filla lliure, independent, orgullosa de ser una dona. Sospira. He viscut prou per confirmar que les meves intuïcions eren encertades. I de sobte es posa dreta i es passa una mà pels ulls, potser humits, i es mossega els llavis. Tot i que ell les malmetés, afegeix finalment. Llavors, obre la bossa, treu les claus i es gira cap a l'Eva. Vés-te'n, li ordena.

L'Eva dubta, però l'obeeix. Ha percebut una determinació que no s'aturarà davant de cap argument. No pot fer altra cosa que demanar ajuda.

I la Núria Solís no es mou ni un mil·límetre fins que

l'Eva no ha girat cua i se n'ha anat cap al cotxe. L'Eva la veu com camina molt a poc a poc i amb mà ferma fica la clau al pany, suaument, sense por. Al cap i a la fi, és casa seva. La casa que ha heretat dels pares, on va passar els estius de la seva infantesa, la casa que coneix fil per randa i on no havia volgut tornar mai més perquè li recordava massa la Bàrbara.

L'Eva treu el mòbil i marca el número del Salvador Lozano.

25. Salvador Lozano

El Salvador Lozano s'ha barallat amb el GPS. Està segur que l'enganya, ha deixat de fer-li cas quan s'ha adonat que l'enviava de pet cap a l'autopista. Potser el satèl·lit no localitza correctament el mas. Maleït GPS dels pebrots, pensa. Calla d'una vegada!, escridassa a la veu metàl·lica quan repeteix per infinitèsima vegada que a la propera possibilitat canviï de sentit i torni a l'autopista. No penso tornar a l'autopista, idiota!, replica. I aleshores fa el que hauria d'haver fet abans: tanca l'aparell i atura el cotxe. Llavors se sent ridícul d'haver-se barallat amb un aparell i d'haver-lo insultat. I està emprenyat sobretot perquè ha estat culpa seva. Recorda que l'altre cop els va passar exactament el mateix i van estar fent tombs i més tombs fins que va decidir-se a trucar al Pep Molina i ell els ho va indicar. Potser per això els esperava amb tot l'escenari a punt i el somriure als llavis, el malparit. Està segur que el mas és a prop, però aquesta vegada l'enxamparà per sorpresa. Té el pressentiment que hi està arribant, però com es pot orientar de nit i sense mapa?

I com a resposta a la seva pregunta desesperada, sona el mòbil i no es pot creure el que li explica l'Eva

Carrasco. Com dius? Que la Núria Solís ha entrat tota sola al mas i ell és a dins? Que és boja? S'aferra al volant per pensar amb claredat. I tu on ets, ara? En sentir que és al camí, a un dos-cents metres de la casa, té una idea brillant. Encén els llums del cotxe, li ordena. I surt fora i al cap d'una estona d'aclucar els ulls i buscar-los els veu. Molt bé, crida al mòbil. Gira el cotxe i vés reculant pel camí. D'aquí a molt poc ens creuarem. No pengis. Si et perdo, t'avisaré i t'atures. D'acord? I el sotsinspector Lozano mentre avança amb dificultats entre els boscos del Montseny té la precaució de mirar el rellotge i comprovar que encara està en l'exercici de les seves funcions. Són les 23:24 hores. Et fots, Susqueda!, xiuxiueja.

26. *Núria Solís*

La Núria Solís camina a les palpentes. No ha volgut obrir el llum i de fet no li cal perquè es coneix la casa de memòria. De nena corria amunt i avall a les fosques, fent enrenou i ensopegant amb les cadires, sense amoïnar-se gaire si s'hi veia o no. Aleshores no hi havia llum elèctrica, però a ella no li feia por la foscor. A l'Elisabet sí, i quan estaven totes dues soles i el sol es ponia a l'horitzó sense cap adult a la vora per encendre els llums de gas, se li agafava a les cames i somicava. La Núria Solís es venta els records movent el cap, com si fossin mosques insolents que l'envoltessin amb el seu brunzit empipador. Però no ho fa amb prou contundència, perquè impensadament li torna una bafarada d'olors antigues. L'olor del pa amb vi i sucre, de la sopa de farigola, del préssec acabat de collir, de les ametlles torrades, de la terra molla. Les olors li embafen els sentits i la retornen al passat, un passat on ella tenia pares i aixopluc, caminava amb passes segures i trobava sempre una mà ferma on agafar-se. Va ser després quan va començar a trontollar, a dubtar del seu instint i a témer la foscor. No ha estat d'ajut als seus fills. La Bàrbara també va buscar la mà que ella sempre va tenir a l'abast i no la va trobar. En comptes d'una mare valenta va ensopegar amb una mare poruga, acoquinada, que arronsava la mà i la deixava òrfena. Un altre cop la culpa, la maleïda culpa que torna i torna. Es lamenta. I sap que culpant-se no anirà enlloc. Que la culpa paralitza i justifica, que és l'antídot de l'acció. Intenta pensar en positiu i foragitar la culpa que ell li ha administrat dia a dia, com un verí lent i mortal. No estic malalta, no sóc culpable, es diu. I vol pensar en una altra cosa i busca desesperadament una imatge i pensa com deu ser la Bàrbara quatre anys després, si ha crescut, si li ha canviat la fesomia, si conserva el clotet de la galta en riure, si encara té aquelles pestanyes dolces i ombrejades que emmarcaven els seus ulls color de mel, grans, oberts, frisosos de mirar el món amb curiositat. Se li arronsa el pit en pensar que només hauran vist quatre parets despullades i una mateixa fesomia. Es trobarà amb una dona i potser no estigui preparada, es diu amb un punt de neguit. Però és la Bàrbara, continua sent la Bàrbara, la seva nena. Sent com se li encarcaren les articulacions només de pensar en el patiment d'aquests quatre anys. No pot imaginar-s'ho i sap que mai, per molt que s'hi esforci, podrà compartir ni una engruna del dolor de la Bàrbara.

S'acosta fins a la canonada que hi ha al darrere del rebost de la cuina. Sap que baixa cap al soterrani i comunica amb el celler. S'atura i escolta arrambant la galta contra el plom que és fred i li glaça el cor. Sí. Sent veus que pugen del celler. Es treu les sabates i les deixa damunt del marbre perquè sap que potser el lleu taloneig que fa en caminar els pot alertar. Ella ho sentia tot, de nena. Distingia les passes de l'avi, el ranquejar de l'àvia, les rodes del carro i el taloneig alegre de la mare. Para l'orella i escolta fins que les cames li fan figa en distingir un timbre de veu aflautat, de nena o de dona. Potser és la Bàrbara? Segurament. No pot ser ningú altre, es diu. I la sang flueix més de pressa perquè és veritat que és viva. No ho ha somiat, la seva nena encara és viva i només les separen uns pocs metres. I només de sentir-li la veu, els braços voldrien abastar-la tota sencera i abraçar-la ben fort.

De mica en mica els ulls s'han anat acostumant a la poca llum que entra per la petita escletxa de la finestra. Ja percep les siluetes dels armaris, els objectes damunt del marbre, les sis cadires de roure, la taula amb les estovalles de quadres. Hi passa la mà pel damunt i acarona els objectes coneguts. El porró de vidre, les culleres de fusta. Objectes que han compartit la solitud amb la seva nena, però que mai no podran tornar-li aquests quatre anys sense ella. Els anys robats, llargs, interminables, una vida dins d'una altra vida, sense tocar-la, sense veure-la, sense escoltar la seva veu ni ensumar la seva pell. Pensa en la mentida, en l'engany, en el fingiment i la hipocresia que ha viscut sota el seu mateix sostre durant aquest temps. I la ràbia la inunda. Per què ni ella ni ningú no s'ha adonat de la màscara que duia posada el Pep? Quants homes com ell amaguen vides ocultes darrere de màscares respectables? Obre el calaix dels coberts i, fent tentines, engrapa un ganivet. És un ganivet gros, dels de tallar pollastre. Ja li va bé.

La Bàrbara és viva, es repeteix, encara és viva. I amb aquest sentiment obre la porta de la cuina i comença a baixar escales avall.

27. Bàrbara Molina

En uns minuts la meva vida s'ha capgirat com un mitjó. Estic fent la maleta. Sortiré d'aquí i tornaré a ser una persona normal. Caminaré pels carrers d'una ciutat desconeguda, sentiré l'aire i el sol a la pell, escoltaré l'enrenou d'altres veus, veuré altres cares, però ningú no m'assenyalarà amb el dit perquè no em coneixeran. M'aturaré davant dels aparadors de les botigues, tafanejaré la roba de temporada i triaré la més virolada, la més cridanera, la que tingui els colors més llampants. M'emprovaré vestits, pantalons, samarretes i sabates, moltes sabates, per caminar, per córrer, per saltar. I quan estigui cansada de voltar per la meva ciutat, m'asseuré a la terrassa d'un cafè, en una tauleta rodona esquitxada de llum, ombrejada per uns plàtans, i demanaré un gelat de vainilla i xocolata. El lleparé a poc a poc, amb golafreria, tancant els ulls i sentint com es desfà suau dins la boca i per distracció em tacaré el nas, com em passa sempre. I riuré. Tornaré a riure, a entrar en un cinema, a remenar llibres en una llibreria, a agafar un autobús, a llegir els titulars d'un diari, a preparar-me un ou ferrat en una cuina amb una finestra oberta que doni al carrer ple de cotxes i xivarri mentre sento música a tot drap. M'empassaré totes les sèries noves de la televisió que s'han estrenat durant aquests anys. M'enfilaré dalt d'una muntanya per veure sortir el sol i m'esperaré fins que l'horitzó es tenyeixi de vermell, com un castell de focs artificials. A les nits comptaré els estels que pengen del cel i em banyaré a la llum de la lluna.

I veuré el mar.

M'ha promès que anirem a una ciutat a la vora del mar, amb platja. No m'importa quin mar sigui. El Mediterrani, l'Atlàntic, el Pacífic. Viuré davant del mar i el blau intens de l'aigua serà el primer que vegi quan em llevi. Em compraré un biquini nou, el més maco, i de bon matí, quan encara faci fresca, em posaré una samarreta i aniré cap a la platja per arrebossar-me de sorra blanca, fins que el sol escalfi. Llavors, m'aixecaré d'un salt, correré cap a l'aigua i em capbussaré en el moment que l'onada s'apropi, amb la cresta d'escuma blanca al capdamunt, i desapareixeré sota les aigües amb els ulls ben oberts, voltada de peixos, d'algues, de mar. Els diumenges llogarem un veler i navegarem mar endins. Jo duré el timó. I ningú no em coneixerà. Ell m'ha promès que no em farà mal mai més i que no em posarà la mà a sobre. M'ha promès que tindré la meva habitació, la meva clau, la meva llibertat. Ha plorat i m'ha demanat perdó, està penedit de debò i m'estima. No em vol fer mal. Vol que jo visqui i sigui feliç, i per això li he donat una oportunitat. L'última.

Si em descobreixen, el trairé i el condemnaré a la presó. I a mi m'esperarà un infern de flaixos i vergonya. El retret permanent dels uns i els altres i el buit de la família. Ja no tinc lloc en aquest món que vaig deixar enrere el dia que vaig decidir fugir. Per això en buscarem un altre a la nostra mida. Vull viure. Ara sí, vull viure una nova vida, amb una nova identitat. Vull una altra oportunitat i ell me la donarà perquè m'ho deu, perquè ha canviat, perquè és un altre, perquè jo he estat tan valenta que he gosat plantar-li cara i ensenyar-li que amb la violència no se soluciona res. I ho ha entès. Alguna cosa s'ha trencat dins seu i ha plorat com un nen, agenollat als meus peus, arrapat a les meves cames, xopant-me les sabates de llàgrimes i pregant-me que el perdonés, que no l'abandonés ara, quan més em necessita. Sóc l'única persona que realment li importa al món i l'única que el pot ajudar a sortir del pou. Ets forta, Bàrbara, molt forta, i et necessito.

Aquest cop no m'equivoco. Per primera vegada sé que puc trobar una escletxa de llum i enfilar-m'hi perquè em dugui lluny d'aquí i em tregui de la foscor. Sento que reneix la il·lusió que creia perduda. Intueixo que per fi trobaré la pau. I agafo adelerada la poca roba que tinc i l'encabeixo rebregada, de qualsevol manera, en una bossa, arreplego el pot de xampú, el raspall de dents, la pinta, la planxa dels cabells, l'escuma, el pinta-ungles i la crema hidratant i ho fico tot a dins mentre penso, sóc lliure, me'n vaig ben lluny. I sóc tan feliç que no m'ho puc creure.

Però tot de sobte la porta s'obre i entra una dona. Té els cabells blancs i està molt prima, té solcs al voltant dels ulls i duu un ganivet de cuina a les mans. Se'm queda mirant com si hagués vist un fantasma i em diu Bàrbara. Em quedo immòbil, no puc reaccionar. És la mama, però no la reconec. Ha canviat tant, té les galtes xuclades i la pell esgrogueïda, però malgrat tot sembla més alta, més forta i aleshores somriu i torna a dir Bàrbara. I les seves cames malden per córrer cap a mi i els braços s'obren per voler-me abraçar. Però no pot. Ell és enmig de totes dues i ni ella ni jo podem tocar-nos. Veig els braços de la mama que he somiat tantes nits i desitjo córrer cap a ella i enfonsar el cap en el seu pit per escoltar el toc-toc del seu cor i sentir les seves mans enretirant-me els cabells del front, càlides, tranquil·litzadores, amoroses. Però no em puc moure perquè les cames no em responen. La miro esparverada i busco en els seus ulls l'odi, la vergonya, el rebuig. Però no ho trobo. Em debato uns segons que se'm fan eterns entre el desig i l'angúnia. I aleshores la veu d'ell trenca el silenci amb menyspreu. Què hi fas, aquí? Llença aquest ganivet! Però la mama no l'escolta, ni tan sols el mira quan parla. Només em mira a mi, i la seva veu passa per damunt de la veu d'ell, més ferma. Bàrbara, vine, diu. Però la veu d'ell se superposa, amb una cantarella irònica. Ja ho has espatllat tot. Ara ja ho teníem resolt, oi Bàrbara? I no sé a quin dels dos escoltar. Ell insisteix. Ara, per culpa de la teva mare, no em queda alternativa.

I em cau el món a sobre. Ja no podrem anar a cap platja, ja no veuré el mar ni m'enfilaré dalt d'un cim a veure sortir el sol. Anem, Bàrbara, insisteix ella, amb una fermesa insospitada. On vol que anem?, em pregunto. No tinc enlloc on anar. Somico en silenci. No vol anar amb tu. Que no ho veus?, respon ell amb acritud. I em demana que el ratifiqui. Digues-li que ets aquí perquè tu ho has volgut. Se'm regira l'estómac. No sé què fer. Tot trontolla. No sé on agafar-me i la mama és lluny i feble, i no em pot donar la mà per sortir d'aquest forat. Vés-te'n!, li dic a contracor, com he fet sempre. No me n'aniré, Bàrbara, em respon amb duresa. Aleshores m'enfado. On ha estat tot aquest temps? Per què no em va treure fa quatre anys? Per què ha deixat que ell em pegués, em violés, em matés de gana, m'humiliés? I em surt la ràbia que ja tenia abans, quan la foragitava del meu costat en adonar-me que mirava cap a una altra banda i que no volia veure el que estava passant. Deixa'm!, crido. Tu no ho pots entendre! Deixa'm d'una vegada!

Però la mama no s'arronsa, no abaixa els ulls ni gira cua en veure que la rebutjo. En comptes d'això, fa una passa endavant i m'ofereix la mà. Sí que t'entenc, t'entenc molt bé. I tant que t'entenc! Vine amb mi. I ho ha dit de debò, tant de debò que he fet una passa inconscient cap a ella. Però he topat amb ell i les seves paraules despectives, emmetzinades. Ets patètica, Núria. Em fas pena. T'has vist al mirall? Ets una vella desagradable, una mala mare, una dona fracassada, els teus fills t'han perdut el respecte i la teva filla et diu que te'n vagis. No ens facis el numeret, dóna'm el ganivet, vés cap amunt i espera'm. Ordena, segur d'ell mateix, de la seva autoritat, del seu ascendent sobre la pobra mama, que sempre li ha fet cas en tot. Deixo de respirar uns instants, angoixada, en reconèixer les paraules que he sentit milions de vegades. Paraules que anul·len, que fereixen, que ens han colpit a ella i a mi i ens han anat enverinant. La mama sempre s'ha rendit, ha acceptat la seva derrota i ha perdut la batalla abans de començar. L'he vist callar massa cops, abaixar la vista, plorar dolçament i plegar-se als insults. No, la mama no podrà amb ell, és feble. Aparta't, Pep, surt del mig d'una vegada!, crida aleshores la mama pujant el to de veu i fent una passa endavant, sense escoltar-lo, sense deixar-se intimidar, amb el ganivet alçat, gairebé a tocar. Noto com ell tremola, tan destarotat com jo. Ets boja? M'amenaces? No hi toques! Què penses fer? Clavar-me el ganivet, potser? La mama, però, no l'escolta i m'ofereix la mà esquerra per damunt d'ell. Indiferent a ell. Vencedora absoluta d'aquest duel que he presenciat tants i tants cops. Anem, Bàrbara, diu amb serenitat. I jo, instintivament, li agafo la mà i penso que ja està, que ja s'ha acabat tot, que he triat.

Tanmateix, ell reacciona amb violència i sento una estrebada molt forta quan m'agafa amb totes dues mans i em llença contra la paret, d'una revolada. Sento com el meu cos s'esclafa i cau. Tanco els ulls i el crit de la mama ressona dins la foscor. Cops, una altra vegada cops, em vol rebentar i esclafar com a una rata, noto les seves botes que em colpegen les costelles, el ventre, les cuixes. Intento protegir-me amb les mans com puc, fins que un cop de peu més fort que els altres em trenca el pit i m'esquinça la carn com un ganivet. I sento també el crit de la mama abraonant-se al damunt seu i cridant-li que em deixi. I el crit de dolor del papa, el crit d'algú malferit, i m'imagino que s'estan barallant i somric perquè la mama em defensa. No estic sola em dic, hi ha algú que lluita per mi, que no vol que em facin mal. De sobte, un altre cop el silenci. No m'agrada el silenci. Ja no em pega més, ja no sento sorolls, però em trobo molt feble, i el pit em fa mal, molt mal. El cap se m'emboira, em costa respirar i penso que potser, per fi, m'estic morint. I la mama? On és la mama?, em pregunto. Llavors noto una mà que agafa a la meva i la prem amb força i m'escalfa el cor. Faig un esforç i en obrir els ulls veig la mama ajupida al meu costat i sento els seus llavis besant-me la cara, xopant-la de llàgrimes. Bàrbara, Bàrbara, no tinguis por, bonica, ja s'ha acabat tot. I aquest cop sí, la crec, la crec a ulls clucs perquè sé que és ella qui ha canviat i qui ha guanyat la partida.

Poc abans de perdre el sentit, però, veig una ombra que s'aixeca de terra, darrere la mama, i em recordo del revòlver que ell havia deixat damunt del llit. Vull dir-ho a la mama, intento advertir-la, faig esforços per moure els llavis. És inútil. Ja no puc parlar.

28. Salvador Lozano

El Salvador Lozano ha sentit el primer tret en creuar la porta que baixa al celler. He fet tard, es diu fatalista mentre maleeix el GPS i treu l'arma reglamentària. Baixa els graons de quatre en quatre amb perill de caure rodolant i malgrat l'estretor de l'escala i els seus cent quilos aconsegueix mantenir un equilibri precari i arribar just quan sona el segon tret. El silenci és esfereïdor i li fa témer que la víctima del tiroteig sigui morta. La Bàrbara? La Núria Solís? S'esgarrifa, però, de l'espectacle dantesc que apareix davant seu en empènyer d'un cop de peu la porta del celler habilitada com a *zulo*. Es fa càrrec d'un cop d'ull de la situació. Dret, al costat d'una taula d'estudi arrambada a la paret, es recolza el Pep Molina amb el revòlver a la mà dreta mentre amb la mà esquerra malda per arrencar-se un ganivet de cuina que duu clavat al pit. A terra, protegint amb el seu cos el de la seva filla morta, jeu la Núria Solís banyada en sang, tirotejada. Alto!, crida el Salvador Lozano amb les cames separades i l'arma amatent fortament agafada amb totes dues mans, sabent que el Molina no es deturarà malgrat que l'adverteixi.

I dispara simultàniament cap a ell abans que tingui temps de prémer el gallet de nou.

He tingut sort, pensa de seguida quan el Pep Molina rep l'impacte de la seva bala i fa un crit sobtat girant-se cap a ell, ferit de mort o malferit. Però no es fixa en la direcció de la mà del Pep Molina que abans de caure aconsegueix adreçar el canó del revòlver cap a ell i disparar, aquest cop sí, el darrer tret.

El Salvador Lozano sent un dolor punyent a l'estómac, es duu la mà a la panxa i s'adona que la camisa groga està tacada de sang. La sang brolla i xopa el terra. S'atura l'hemorràgia com pot, camina fent tentines cap al Pep Molina, li dóna un cop de peu a l'arma fins que li salta de la mà. Aleshores, s'inclina i la recull amb cura. El Molina sembla mort, però no se'n refia gens ni mica. El Lozano, enfonsat, continua arrossegant-se, pensant he fet tard, he fet tard. I s'ajup com pot al costat de la dona amb el braç vermell. En acostar els dits al coll per buscar-li el pols, la Núria Solís aixeca el cap cap a ell, obre els ulls, el mira i li somriu. La Bàrbara és viva, diu sense doldre's de les seves ferides, indiferent al dolor. El Lozano respira alleujat i la seva mà toca la galta de la Núria Solís, tot felicitant-la pel seu valor. És valenta, ha estat molt valenta i possiblement ha evitat la tragèdia. El ganivet que duia el Molina no s'ha clavat tot sol. El Salvador Lozano es treu un pes del damunt. Totes dues són vives, es repeteix. I fa les comprovacions *in situ* tot i que comença a flaquejar. La Núria Solís té dues ferides de bala al braç esquerre i la Bàrbara té el cos macat i contusionat i potser una costella trencada que li ha provocat un desmai. El Salvador Lozano s'arrenca un tros de camisa i fa un torniquet al braç de la dona, que per segon cop en un mateix dia torna a dir la paraula que mai no sent. Gràcies.

Ja en té prou. Se sent ben pagat i li sap greu no haver pogut arribar abans. Si més no, ha pogut acabar la feina que no havia sabut començar. Sent com les cames li fan figa i es deixa caure al costat de la Núria Solís i la Bàrbara, amb la mà prement-se la panxa que ara està vermella de sang. En un instant de lucidesa s'adona que és el final. Sí. No té remei i es dessagnarà sense solució. Ha deixat l'Eva fora, perquè alertés la patrulla, que deu ser a punt d'arribar. Tot ha sortit prou bé, es diu, i se n'alegra. La Bàrbara és viva, la Núria Solís també i ell ha tancat el cas. Aleshores somriu mentre nota com el cor va perdent força i els ulls se li omplen de records. I ell, vés per on, tindrà un bon final, es diu, un final heroic tot i que no ha estat mai un heroi. I ben pensat no està gens malament perquè s'ha estalviat de menjar la sopa de carbassa fastigosa i no ha hagut de fer el discurset de compromís davant de trenta babaus ebris sense ganes d'escoltar-lo. Hauran maleït els ossos del Susqueda, pensa divertit. Ara respira amb dificultats i ja no pateix. Se'n va, la vida se'n va a borbollons, però ja l'ha viscuda, a fons i tal com ell volia viure-la i, a més, es diu per consolar-se, tampoc no li venia de gust jubilar-se i així no s'haurà de trencar el cap buscant-se un *hobbie* estúpid per matar les hores i veure passar el temps. La dona no patirà veient-lo arrupir-se en una butaca i pansir-se com un vell. I els fills i els néts estaran orgullosos d'ell, que va morir en un acte de servei. I el condecoraran. Posaran una medalla al seu taüt i això i la paga de viudetat i el seu expedient immaculat serà el record que deixarà a la família. Què més poden demanar?

La Núria Solís s'ha adonat que està agonitzant i s'agenolla al seu costat. Ara de seguida vindrà una ambulància i es posarà bé, li menteix pietosament. I ell no la contradiu. Tant és, en cas que arribessin ell ja l'hauria palmat. No és tan difícil fer-se la idea de fotre el camp d'aquest món, pensa. Sobretot quan ha fet els deures i s'ha tret el mal gust de boca d'un expedient sense resoldre. Li demana a la Núria que li deixi veure la Bàrbara i la Núria li fa que sí i aixeca el cap de la noia, ple de cops, però serè. És viva, es diu. Ella sí que té una vida per endavant i si és forta aconseguirà refer-se i potser oblidar-ho. Sospira i s'adona que les mans li tremolen i la cama comença a convulsar. Quina hora és?, pregunta de sobte a la Núria Solís perquè ja no li respon el braç i els ulls no poden veure les busques del rellotge. Falten quatre minuts per les dotze, li respon la Núria Solís. Bingo!, canta en silenci, mentre se li eixampla el cor de l'emoció. I encara té esma de murmurar a la Núria Solís les darreres instruccions: Sobretot, quan es reconstrueixin els fets els explica que jo he entrat en aquest celler abans de les dotze. Se'n recordarà? És molt important. La Núria Solís fa que sí i li agafa la mà i el Salvador Lozano pensa que és agradable que una dona t'agafi la mà per passar el tràngol. Així no se sent tan sol. Prefereix la mà de la Núria Solís a la mà del Susqueda, reconeix. I se l'imagina trasbalsat, entrant per la porta i inaugurant el seu primer cas amb el cadàver del seu predecessor. Quina sort té el podrit, ha nascut amb la flor al cul. La matemàtica espavilada, trenta-un anyets de no res, i encetarà la seva carrera sortint a tots els telenotícies i tancant un cas que ha fet ballar el país durant quatre anys. Li deixa el càrrec en safata de plata, es dol. I aleshores li agafa un petit accés de tos, o potser de riure. Però la medalla serà per al seu cadàver, se'n fum, encara que se'l mengin els cucs.

Fot-te, Susqueda!, sospira foteta abans d'adreçar el seu darrer pensament cap a la dona que l'ha aguantat tants anys i que al final, com sempre, s'ha sortit amb la seva. Ja li ho deia ella, que la camisa groga no era l'adequada per a aquella nit. Ves per on, morirà com Monsieur Molière, de groc i a l'escenari.

Ja se sap, les dones sempre tenen raó.

AGRAÏMENTS

La tasca de l'escriptor és escriure, però moltes vegades no podria fer-ho sense l'ajut inestimable d'altres persones.

Endinsar-me en el terreny de les investigacions policíaques i dels abusos sexuals no hauria estat possible sense la col·laboració de l'inspector Jordi Doménech, cap de l'Àrea d'Investigació de Persones, de la Divisió d'Investigació Criminal dels Mossos d'Esquadra; de la psicòloga Pilar Polo, especialista en abusos sexuals i responsable de Formació de la Fundació Vicki Bernadet; i de l'inspector Xavier Hernández de Linares, cap de la Unitat Territorial de Policia Científica dels Mossos d'Esquadra. La seva dilatada experiència, les seves encertades observacions i els seus consells assenyats em van permetre crear la novel·la que avui teniu a les vostres mans. Gràcies a tots tres pel seu temps, la seva amabilitat i la seva saviesa.

Mil gràcies als lectors que van tenir la paciència de llegir els primers esborranys, van criticar-ne els errors, em van regalar idees brillants i em van animar a continuar intentant-ho. Júlia Prats, Marce Redondo, Marta Carranza i Mireia de Rosselló van ser els qui em van ajudar a perfilar els personatges, a esmenar-los i a aconseguir la versemblança que desitjava.

I gràcies a Anna Solé, la meva agent literària, per la seva energia i la seva fe en el projecte.

Gràcies també, molt sincerament, als membres del jurat del Premi EDEBÉ de Literatura Juvenil, que van apostar per aquesta novel·la arriscada.

I per últim, el meu agraïment de tot cor a l'editora Reina Duarte, que amb la seva impecable professionalitat i el seu entusiasme ha contribuït a millorar el text i ha vetllat per aquesta acurada edició.

«Com a mínim un 20% de la població a Espanya ha patit abusos sexuals infantils, tot i que és molt possible que alguns casos no hagin sortit mai a la llum. La sensibilització i la prevenció són les úniques eines que tenim per combatre la ignorància i la por que encara hi ha en molts àmbits i per a ajudar a recuperar la memòria dels que l'han perdut.»

Vicki Bernadet Rius
Presidenta de la Fundació Vicki Bernadet

La Fundació Vicki Bernadet ofereix assessorament i tractament personalitzat a totes les persones afectades directament o indirectament per un cas d'abús sexual infantil.
www.fbernadet.org - Tel.: 93 318 97 69